Rimun the Great

마도군주

Rimun the Great

마도군주

3

내전

진천(振天) 퓨전 판타지 소설

BBULMEDIA FANTASY STORY

뿔미디어

차 례

작가의 변

본디 겨울이란 날씨를 별로 좋아하지는 않습니다. 더 솔직히 말하자면 추운 거 자체를 질색하는 성격입니다.

당연히 겨울철 외출은 거의 없습니다. 밖에 나갈 일도 잘 만들지 않는 편이지요.

덕분에 신종플루의 위험으로부터 어느 정도는 벗어난 것 같습니다. 거의 달고 다니다시피 하던 감기도 일단 넘어간 것 같고요.

다만 고질적인 허리 문제로 인해서 고생을 하고 있습니다.

남자의 생명은 허리… 라고들 하죠. 단리명처럼 고집스럽고 강한 캐릭터를 그리는 작가의 모습과는 확실히 거리가 멀어 보입니다만… 네, 현실입니다. 허리가 좋지 않은 건 저도 어쩔 수가 없답니다.

3권의 초반 작업을 할 때까지만 해도 그냥 무겁기만 하던 허리가 어느 순간 작동을 멈춰 버렸습니다. 동시에 제게 한 달이라는 휴식 기간을 요구했습니다.

침대에 누워서 글을 써보려고도 했습니다만 쉽지 않더라고요.

결국 두 달이 지나서야 3권을 내놓게 되었습니다.

에효. 면목 없습니다.

기다려 주셨던 분들께 대단히 죄송하단 말씀드립니다. 상업적인 목적보다도 작가의 안정적인 작품 활동을 지원해 준 뿔미디어 식구들에게도 고마움을 전합니다.

아울러 후속 권은 출간 일정을 잘 지켜 읽는 즐거움을 깨트리지 않도록 노력하겠다는 다짐을 남깁니다.

시한폭탄 같은 허리 때문에 확언을 드리긴 어렵지만 제 마음만큼은 언제나 자판을 두들기고 있음을 알아주셨으면 감사하겠습니다.

작가의 변이 이번 한 번뿐이길 바람하며.

진천 올림.

Chap.
25

하온을 넘다

1

덜컹덜컹.

흔들리는 마차만큼이나 궁내 대신의 표정은 어지러워 보였
다.

왕도 하온으로 가는 길이 생각 이상으로 험난해서가 아니었
다. 그 험난함을 일행들이 무리 없이 넘고 있다는 게 문제였
다.

지금까지 정체불명의 세력들에게 습격을 받은 건 총 여덟
차례. 횟수가 거듭될수록 더욱 강력한 이들이 마차를 가로막
았다.

기사들은커녕 소수의 인원으로 출발한 걸 감안하면 지금쯤
큰 피해를 입었어야 했다. 목적지까지 마차를 타고 가는 것 자

체가 기적에 가까운 일이었다.

하지만 기적은 현실이 되어버렸다. 마차는커녕 안에 탄 사
람들도 더없이 멀쩡하기만 했다.

'설마… 셋 모두 말로만 듣던 드래곤이라도 되는 것일까?'

궁내 대신의 시선이 단리명에게서 하이베크로, 다시 로데우
스에게로 움직였다.

세 사람이 번갈아 가며 마차에서 내렸다. 그때마다 덤벼들
던 적들은 외마디 비명을 내지르며 죽거나 도망쳐야 했다.

바로 지금처럼.

"공작님. 복면한 용병들이 나타났습니다."

말을 몰던 메르시오 백작이 살짝 들뜬 목소리로 말했다.

지금껏 하이베크나 로데우스의 활약만 지켜본 탓에 살짝 몸
이 달아 있었다. 둘 만은 못하지만 자신의 실력도 이번 참에
확실히 보여주고 싶었다.

그러나 애석하게도 단리명이 선택한 건 하이베크였다.

"하백."

단리명이 고개를 돌렸다.

"금방 돌아오겠습니다."

단리명의 시선을 받은 하이베크가 히죽 웃으며 마차에서 내
렸다.

"쳇!"

한동안 적들이 나타나지 않아 손이 근질거렸던 로데우스가

못마땅한 듯 입술을 삐죽거렸다.

"후우."

덩달아 마차 밖에선 메르시오 백작의 한숨 소리가 흘러들었다.

단리명과 함께하기로 마음을 먹은 이상 어떻게든 자신의 소용 가치를 입증해야만 했다.

단리명은 자신들이 어쩌지 못할 만큼 강했다. 그에게 실력을 인정받는다는 건 어찌 보면 제국의 황제에게 작위를 부여받는 것 이상으로 가슴이 두근거리는 일이었다.

그 기회를 하이베크에게 빼앗겼으니 속이 상할 만도 했다. 하지만 정작 속이 상한 건 보기 좋게 마차 밖으로 나선 하이베크였다.

"뭐야, 네놈들이 전부냐?"

좁은 산길을 가로막은 오십여 명의 용병들을 보며 하이베크가 이맛살을 찌푸렸다.

수도 부족했지만 느껴지는 개개인의 실력 또한 성에 차지 않았다. 일일이 검을 받아준다는 것 자체가 사치스럽게 느껴질 정도였다.

유희 중에는 지나치게 힘을 드러내서는 안 된다는 제약만 아니었다면 아마 검에 마법을 실어 날려 버렸을 것이다.

그런 사실도 모른 채 용병대장쯤으로 보이는 사내가 슬쩍 입가를 비틀어 올렸다.

"흐흐. 어디로 급히 가는 줄은 모르겠지만 다른 길로 돌아 가시오."

말은 정중했지만 어투는 조롱으로 가득했다. 게다가 돌아갈 길도 마땅치 않았다.

"헛소리 그만하고 덤벼라."

하이베크의 입가로 싸늘함이 번졌다. 동시에 검신을 드러낸 라보라가 차디찬 냉기를 흘러댔다.

어차피 말이 통하지 않는 상대다. 감히 덤벼들지 못하게 짓이겨 놓아야 살려달라고 아우성칠 것이다.

"흥! 겁이 없군!"

아직까지도 분위기 파악을 못한 용병대장이 손짓을 했다.

"크흐흐!"

"이놈!"

뒤에 있던 용병들이 검을 뽑아 들며 하이베크에게 다가갔 다.

'꼴에 기사랍시고 나섰나본데 뼈저리게 후회하게 만들어주 마.'

한 발 물러선 용병대장의 입가로 비릿한 웃음이 번졌다.

수는 적지만 단원 전원이 마나를 다룰 줄 아는 레벡트론 용병단은 하밀 왕국에서도 손꼽히는 용병단 중 하나였다.

설사 상대가 마스터라 할지라도 수하들만 있으면 충분히 상대할 자신이 있었다. 하물며 정체를 알 수 없는 젊은 사내가 겁도 없이 혼자 나섰으니 가볍게 정리할 수 있을 것이라 여겼다.

성급한 용병대장의 시선이 하이베크를 지나 마차 쪽으로 움직였다.

바로 그 순간,

"커억!"

"크어억!"

단말마와 함께 수하들이 핏물을 뿜어내며 주저앉기 시작했다.

"이, 이게……!"

용병대장이 눈을 부릅뜨는 외중에도 수하들은 속절없이 죽어 나갔다.

처음에 움직였던 일곱은 이미 이 세상 사람이 아니었다.

분을 이기지 못하고 움직인 여덟 또한 차디찬 바닥을 나뒹굴고 있었다.

"멈춰! 멈추라고!"

뒤늦게 상대를 알아챈 용병대장의 입에서 비명이 터져 나왔다.

눈처럼 새하얀 백발. 얼음처럼 차디찬 인상.

그였다.

소문으로만 듣던 정체불명의 마에스트로가 틀림없었다.

지금이라도 수하들을 뒤로 물려야 했다. 싸울 때 싸우더라도 흥분을 가라앉히고 전열을 가다듬을 필요가 있었다.

하지만 야속하게도 상대는 그럴 틈조차 주지 않았다.

후앗!

얼음처럼 차가운 백발 사내의 검날이 허공을 갈랐다.

"커어억!"

겁도 없이 검을 쳐들고 있던 용병 하나가 그대로 고꾸라졌다.

"물러서라! 어서 물러서!"

용병대장은 악을 써가며 싸움을 만류했다.

싸움이 벌어지면 물러서지 말고 용맹히 맞서라고 했던 평소 지침과는 반대되는 명령이었다. 덕분에 그의 말을 듣고 뒤쪽으로 빠지는 용병들은 몇 되지 않았다.

그마저도 하이베크의 눈부신 검술에 질려 자신도 모르게 주춤거리며 물러난 이들이 대부분이었다.

"이제야 주제 파악을 했군."

뒷걸음질 치는 용병들을 보며 하이베크가 잔인하게 입가를 비틀어 올렸다.

이후의 싸움은 일방적으로 진행되었다.

"자, 잠깐! 검을 멈추시오!"

용병대장은 몇 번이고 대화로서 풀려고 했다.

우린 잘못이 없다. 시켜서 한 일이다.

궁지에 몰린 용병들이 흔히들 내뱉는 말을 꺼내려 했다.

하지만 하이베크는 그럴 기회 역시 주지 않았다.

"크아악!"

비명을 지르며 도망치는 용병대장의 심장을 꿰뚫고서야 라보라의 냉기가 잦아들었다.

"수고하셨습니다."

마차에서 내린 메르시오 백작이 시체들을 길가로 치웠다. 병사들을 끌고왔다면 좋았겠지만 지금으로서는 자신밖에 주변 정리를 할 사람이 없었다.

그나마 다행스러운 건 시체들이 깔끔하다는 점이다.

급소만 정확하게 공략한 탓에 특별히 손쓸 일이 많지 않았다. 그만큼 하이베크의 검술이 뛰어나다는 반증이기도 했다.

"수고하도록."

라보라를 거둬들이며 하이베크가 차디찬 마나를 끌어 올렸다.

후아앗!

그의 전신을 휘돌던 냉기가 피비린내를 안고 사방으로 흩어졌다.

2

하이베크가 되돌아오고 나서도 다시 십여 분이 지나서야 멈췄던 마차가 움직였다.

덜컹덜컹.

자갈을 짓이기는 바퀴들이 요란한 소리를 내며 굴러갔다.

덩달아 궁내 대신의 눈알도 데굴데굴 굴렀다.

'아무리 마에스트로라지만 레벡트론 용병단을 삼십여 분만에 괴멸시키다니. 있을 수 없는 일이야.'

레벡트론 용병단의 위용은 궁내 대신도 잘 알고 있었다. 그들이 힘을 합쳐 암습한다면 왕국의 4대 공작들조차 고전을 면치 못할 거란 말들이 나돌 만큼 용병계에선 상당한 실력을 보유한 이들이었다.

기실 그들이 누군가의 명령에 이끌려 마차를 가로막았다는 것 자체가 놀라울 정도였다. 실력만큼이나 평판도 좋은 그들이 할 만한 일거리가 아니었다.

실제로 레벡트론 용병단이 움직인 것은 소란을 피우다 바르카스 공작 성에 붙잡힌 동료들을 빼내기 위해서였다. 그것조차 바르카스 공작의 치밀한 음모였지만 어쨌든 겁도 없이 마차를 가로막다가 큰 화를 입고 만 것이다.

그런 사실을 알지 못하는 궁내 대신의 시선이 다시 하이베크를 향해 움직였다.

소비한 마나를 보충하기라도 하는 듯 하이베크는 지그시 눈을 감은 채 미동 속에 몸을 맡기고 있었다.

'확실히 평범한 인간은 아니야.'

의심 어린 궁내 대신의 눈동자가 점차 확신으로 굳어져 갔다.

물론 마에스트로라는 존재 자체를 평범한 인간의 범주 속에 집어넣을 수는 없다.

마스터만 되어도 모든 기사들의 우러름을 받는다.

뿐인가? 국가의 주요 전력으로 인정되어 융숭한 대접을 받는 게 현실이다.

그런 마스터 중에서도 소수만이 이뤄낼 수 있는 마에스트로는 거의 인간을 초월한 존재라 불린다.

실제 4대 공작의 분란으로 하르페 왕국이 무너지고 하밀 왕국이 들어섰음에도 민심이 크게 흔들리지 않았던 건 마에스트로인 발렌시아 공작의 존재감 때문이었다.

그러나 그렇게 유지되던 균형이 크게 흔들리고 있었다. 새로운 마에스트로의 등장이 기존의 질서를 급격히 무너뜨리고 있었다.

그 대상은 셋.

들리는 소문으로는 둘뿐이었다. 그것도 둘 다 젊다고 했으니 잘해야 마에스트로 초입 수준에 머무르는 것이라 여겼다.

하지만 직접 보고 느낀 실력은 대륙에서도 손꼽히는 검술을 보유한 발렌시아 공작을 능가하고 있었다.

어디 그뿐인가, 로데우스란 사내가 보인 무위도 실로 섬뜩할 정도였다.

어느 누가 오러를 흩뿌리는 기사들을 맨주먹으로 상대할 수 있겠는가.

어느 누가 주먹으로 블레이드 나이트의 하이 오러를 부술 수 있겠는가.

장담컨대 저들은 평범한 마에스트로가 아니었다.

차원이 다른 마에스트로!

그렇다면 답은 하나뿐이었다.

'드래곤. 드래곤이 분명해.'

궁내 대신의 얼굴이 딱딱하게 굳어졌다.

그때 옆에 있던 코르페즈가 슬쩍 웃으며 입을 열었다.

"자네, 혹시 저분들이 드래곤은 아닐까 의심하는 건가?"

"……!"

흠칫 놀란 궁내 대신이 재빨리 단리명의 눈치를 살폈다. 만에 하나 정말 드래곤이라면 유희를 방해했다는 이유로 목숨을 잃게 될 수도 있다.

하지만 단리명은 궁내 대신의 애타는 시선을 무시한 채 레베카와 도란도란 담소를 나누고 있었다.

하이베크와 로데우스 역시 그 목소리에 귀를 기울이느라 궁내 대신은 신경도 쓰지 않았다.

"후우."

궁내 대신의 입가로 나직한 한숨이 흘러나왔다. 그러자 걱정할 것 없다는 듯 코르페즈가 궁내 대신의 어깨를 두드렸다.

"하하! 뭘 그리 겁을 먹고 그러나. 설마 전설 속의 이야기들을 너무 맹신하고 있는 건 아니겠지?"

"그, 그럴 리가요."

코르페즈의 입가로 짓궂은 웃음이 번지자 궁내 대신이 화들짝 놀라며 고개를 흔들어댔다.

솔직히 조금 전까지만 해도 전설 속의 드래곤들을 떠올렸다.

흉포하고 잔인하고 인간들을 거침없이 죽이면서도 인간들에게로 유희를 떠나는 존재들.

만에 하나 자신들의 유희가 들통 나면 주변의 모든 것을 쓸어버리고 레어로 돌아간다는 제멋대로의 종족.

아니라며 부인은 했지만 차마 내뱉지 못한 말들이 흔들리는 얼굴 위로 둥둥 떠다니고 있었다. 그 모습이 안쓰러웠던지 코르페즈가 나직한 목소리로 달래기 시작했다.

"걱정하지 말게. 요 근래에 드래곤이 유희를 떠났다는 소문은 들어본 적이 없다네."

일반적으로 드래곤들이 유희를 떠나면 알게 모르게 소문이 나게 마련이다. 중간계를 향한 경고의 일종으로 정확한 유희 대상까지 알려지지는 않았지만 적어도 정체불명의 강자를 미심쩍게 여기는 풍조가 자연스럽게 조성되었다.

코르페즈는 오랫동안 처소에 머무르며 세상일에 귀를 기울여 왔다. 특히나 드래곤들의 움직임에 촉각을 곤두세웠다.

하르페 왕국은 드래곤의 후손들이 세운 나라. 이대로 무너지는 걸 두고보지는 않을 것이라 여겼다.

그러나 기다렸던 드래곤들은 끝내 나타나지 않았다. 실망하던 찰나, 정체를 알 수 없는 강자들이 그의 기다림을 끝내주었다.

처음에는 그들 역시도 드래곤이 아닐까 의심했다. 하지만 직접 겪어본 바 그럴 가능성은 희박했다.

드래곤들의 주된 유희 목적은 자신들의 부족함을 채우기 위해서다.

드래곤들은 완전한 존재가 되기 위해 평생을 살아가는 종족. 낯선 환경 속에 스스로를 내던져 불완전함을 찾고, 채우는 것이다.

인간으로 유희를 시작했다면 적응을 최우선 과제로 삼는 게 당연했다. 오만과 독선을 버리지 못하면 정체가 들통 나고 만다. 정체가 들통 나면 유희를 포기하는 수밖에 없다.

하지만 저들은 달랐다. 마치 세상의 주인이라도 되는 듯 오만함을 감추지 않았다.

'모든 종족에게는 특유의 기운이 있다.'

코르페즈는 오래전 대현자가 남겼다는 책의 글귀를 떠올렸다.

책에 따르면 드래곤들에게는 짙은 마나향이 느껴진다고 한다. 드래곤 하트에 가득한 순수한 마나의 기운이 저절로 흘러나온다는 것이다.

하지만 저들에게서 느껴지는 향기는 짙은 어둠이다. 황제나 그에 준하는 권력자들에게서 흔히들 느껴지는 기운이었다.

코르페즈는 내심 고개를 흔들었다.

저들이 드래곤이라니. 어림없는 말이다.

드래곤이 어찌 야망에 불타오르는 인간들의 전형적인 모습을 보여줄 수 있겠는가.

"괜히 쓸데없는 말을 입 밖에 냈다가 공작님의 화를 사지 마시게나."

코르페즈의 입가를 따라 은밀한 경고가 흘러나왔다.

"아, 알겠습니다."

겁을 먹은 듯 궁내 대신이 재빨리 시선을 내리깔았다.

3

레벡트론 용병단의 전멸이 남긴 여파는 컸다.

"그, 그게 정말이야?"

"그렇다니까? 듣기로는 마에스트로가 탄 마차였다나 봐!"

소문을 들은 이들은 놀람을 금치 못했다.

"이런 썅! 그런 놈들이 별거 아니라고?"

"개자식들! 돈을 백배로 줘도 안 해!"

레벡트론 용병단에 이어 의뢰를 받아들였던 대형 길드들

은 욕지거리와 함께 위약금까지 물면서 의뢰를 거절해 버렸다.

덕분에 단리명 일행은 다소 위험했던 바르카스 공작령을 지날 수 있었다.

"후우. 여기서부터는 별일 없을 것입니다."

마차가 무사히 국왕 직할령에 들어서자 궁내 대신이 안도의 한숨을 내쉬었다. 아무리 4대 공작이라 할지라도 국왕 직할령에서까지 소란을 피지는 않을 터였다.

궁내 대신의 예상대로 마차는 별다른 문제없이 수도 하온까지 내달렸다. 중간에 몇 차례 검문이 있었지만 오래 지체되지는 않았다.

"저곳이 수도 하온입니다."

저만치 커다란 성곽이 들어오자 궁내 대신이 들뜬 목소리로 말했다.

"하온이라."

하온을 바라보는 단리명의 눈동자가 또렷해졌다. 레베카도 조금 상기된 표정으로 창밖을 내다보았다.

다른 이들의 얼굴에도 묘한 감정이 감돌기 시작했다. 하지만 그것도 잠시.

"잠깐 멈추십시오."

성문을 통과하려던 마차를 경비병들이 멈춰 세우면서 분위기가 달라져 버렸다.

"무슨 일인가?"

마부석에 앉은 메르시오 백작이 매서운 눈으로 경비병들을 내려다봤다.

비록 단리명에게는 제대로 된 인정을 받지 못하고 있지만 메르시오 백작은 왕국에 다섯뿐인 마스터 중의 한 사람. 일개 경비병들이 막아 세울 수 있는 인물이 아니었다.

하물며 그가 모는 마차에 탄 이들의 신분은 어떠하겠는가.

정신이 제대로 박혀 있다면 지금이라도 무례를 사과하고 비켜섰을 것이다.

하지만 경비병들은 마른침만 꿀꺽 삼킬 뿐 길을 열지 않았다. 그저 초조한 눈으로 누군가가 나타나기를 바라고 있었다.

"이놈들! 어서 비키지 못할까!"

경비병들의 낌새를 눈치챈 메르시오 백작이 다급히 노성을 터트렸다.

놀란 경비병들이 주춤거리며 물러섰다. 아무리 엄명이 떨어졌다고는 하지만 자신들만으로는 메르시오 백작을 감당할 자신이 없었다.

그때였다.

"이놈들! 누구도 통과시키지 말라는 명령을 잊은 것이냐!"

성문 안쪽에서 사나운 목소리가 터져 나왔다. 뒤이어 중년의 사내가 기사들을 대동한 채 성 밖으로 모습을 드러냈다.

"자리를 지켜라!"

중년 사내의 호통 소리에 병사들이 다급히 자신의 자리를 찾아 돌아갔다.

벌겋게 상기된 병사들을 매섭게 노려보던 중년 사내가 눈을 돌려 메르시오 백작을 올려다봤다. 남부 최고의 기사를 상대하는 상황이었지만 그는 조금도 위축된 모습이 아니었다.

"오랜만이군."

중년 사내의 입가로 비릿한 웃음이 번졌다.

"라무에르 후작!"

상대를 확인한 메르시오 백작의 표정이 차갑게 굳어졌다.

하르페 왕국을 지나 하밀 왕국으로 들어서면서 수많은 기사들이 목숨을 잃었다. 하지만 한 명의 마에스트로와 다섯 명의 마스터로 대변되는 구조 자체는 그대로 유지되어 왔다.

구조의 정점에 선, 하밀 왕국 유일의 마에스트로 발렌시아 공작.

그를 바짝 뒤쫓는 마스터 최상급의 바르카스 공작.

검보다는 오러를 다루기 어렵다는 도끼를 사용하는 덕분에 둘의 실력은 비등하다고 알려져 있다. 물론 목숨을 걸고 싸울 때가 온다면 바르카스 공작보다는 발렌시아 공작이 유리하겠지만 어쨌든 그들이 하밀 왕국 최고의 기사들이란 사실만큼은 변하지 않았다.

그 밑으로 다시 네 명의 마스터들이 존재한다. 그들 중 4대 공작의 입김이 적용되지 않은 건 메르시오 백작뿐. 다들 4대 공작과 협력해 하밀 왕국의 권력을 나눠 가지고 있었다.

라무에르 후작도 그들 중 하나였다.

사적으로는 왕실 근위대장의 자리에 있지만 결국 발렌시아 공작의 휘하로 들어가 왕실을 더욱 위태롭게 만든 장본인.

"비키시오!"

메르시오 백작의 목소리가 날카롭게 변했다. 가뜩이나 탐탁지 않게 생각하던 라무에르 후작이 앞을 막아서자 금세 흥분해 버렸다.

하지만 라무에르 후작은 길을 비켜줄 마음이 조금도 없었다.

"흥! 발렌시아 공작님의 허락 없이는 누구도 성문을 지날수 없다!"

라무에르 후작이 짓씹듯 소리쳤다. 그러자 그의 뒤쪽에 서있던 기사들이 좌우를 막아서며 당장에 검을 뽑아 들 것 같은 자세를 취했다.

"우린 폐하의 부르심을 받았소. 어찌 발렌시아 공작의 이름으로 길을 막는 것이오!"

메르시오 백작이 품속에서 궁내 대신에게 건네받은 서신을 내밀었다. 그곳 귀퉁이에는 하밀 왕실의 인장이 선명하게 찍혀 있었다.

공작의 명보다는 국왕의 명이 앞서는 건 당연한 일이다. 적어도 명분으로는 마차를 막아설 방법이 없어 보였다.

그럼에도 라무에르 후작은 길을 열지 않았다. 오히려 가소롭다는 듯 메르시오 백작을 바라보았다.

"설마 그깟 걸로 날 넘을 수 있다고 생각한 것은 아니겠지?"

라무에르 후작의 입가가 비릿하게 변했다. 동시에 메르시오 백작의 눈매가 사납게 일그러졌다.

왕명조차 따를 수 없다는 건 결국 실력으로 뚫고 나가라는 의미. 어느 정도 예상은 했지만 이토록 많은 이들이 보는 앞에서 저렇듯 당당하게 나올 것이라고는 생각지 못했다.

"결국 피를 보자는 것이오!"

메르시오 백작의 입에서 결국 노성이 터져 나왔다.

"실력이 된다면 얼마든지."

그 말을 기다렸다는 듯 라무에르 후작의 입가가 더욱 비려졌다.

"후회할 것이오"

질근 입술을 깨물며 메르시오 백작이 마차 안의 목소리를 기다렸다.

마스터이기에 앞서 그는 현재 마부의 신분. 단리명의 허락 없이는 함부로 자리를 비울 수가 없었다.

덩달아 라무에르 후작의 시선도 마차 쪽으로 향했다.

'어디 얼마나 대단한 놈들인지 볼까?'

들리는 소문에 따르면 서른도 되지 않은 젊은 마에스트로가 레벡트론 용병단을 괴멸시켰다고 한다. 그러나 라무에르 후작은 그 말을 곧이곧대로 믿지 않았다.

어려서부터 천재 소리를 듣던 기사들도 서른이 다 되어서야 마스터의 벽을 넘는 상황이다. 그들 중 죽기 전까지 마에스트로의 경지를 이룬 자들은 손에 꼽힐 정도였다.

하물며 새파랗게 어린 사내가 마에스트로라니.

'내가 직접 헛소문의 뿌리를 뽑아주마!'

라무에르 후작이 이를 악물었다.

본디 하달된 명령은 마차의 통과를 막으라는 것뿐이었지만 끓어오르는 호승심을 주체하지 못했다.

그런 그의 오만함이 마차를 자극했다.

"대형!"

"제게 맡겨주십시오!"

하이베크와 로데우스는 누가 먼저랄 것도 없이 단리명을 바라봤다.

하지만 단리명은 둘 중 누구에게도 시선을 주지 않았다. 대신 마부석 쪽을 향해 싸늘한 목소리를 흘렸다.

"메르시오 백작."

"말씀하십시오."

"자신 있느냐?"

"……!"

순간 메르시오 백작의 표정이 달라졌다. 내심 자신의 손으로 라무에르 후작의 오만함을 꺾고 싶었는데 기회가 찾아온 것이다.

"맡겨만 주십시오."

메르시오 백작이 한껏 입가를 비틀었다.

"빨리 끝내라."

무미건조한 단리명의 말끝으로 묘한 기대감이 꿈틀거렸다.

"뭐지? 설마 그대가 날 막을 셈인가?"

마부석 아래로 뛰어내리는 메르시오 백작을 보며 라무에르 후작이 한껏 비웃음을 흘렸다.

항간에는 바르카스 공작을 제외한 마스터들의 실력이 엇비슷하다 알려져 있었다. 하지만 라무에르 후작의 생각은 달랐다. 몇 년 전부터 마에스트로인 발렌시아 공작과 검을 맞대온 이상 자신의 실력이 한 수 위일 것이라 여기고 있었다.

하지만 그건 메르시오 백작도 마찬가지였다. 틈이 날 때마다 단리명은 물론 하이베크와 검을 부딪치면서 실력을 쌓아나갔다.

"단단히 각오하는 게 좋을 것이오."

검을 뽑아 드는 메르시오 백작의 얼굴로 비장함이 번졌다.

"각오라… 과연 내 실력을 끌어낼 수 있을까?"

뒤늦게 검을 빼내는 라무에르 후작은 묘한 자신감을 드러냈다.

마스터 간의 실전 대련을 철저히 금지해 온 덕분에 지금까지 단 한 번도 검을 맞대지 않았던 두 사람이 처음으로 서로를 향해 검을 겨누고 있었다. 지금에라도 당장 말려야 했지만 멀지 않은 미래에 벌어질 일이다 보니 누구 하나 나서는 이가 없었다.

"시간이 없는 만큼 내가 먼저 나서지."

다른 때 같았다면 먼저 선수를 양보했겠지만 괜히 시간을 끌다가 마차 안의 마스터들이 합류할 걸 우려한 라무에르 후작이 먼저 검을 움직였다.

후아앗!

순식간에 허공을 벤 검날이 메르시오 백작의 가슴을 향해 날아들었다.

왕국 최고의 쾌검사로 알려진 발렌시아 공작의 영향 덕분인지 라무에르 후작의 검이 예전과는 비교조차 할 수 없을 만큼 빨라져 있었다. 하지만 메르시오 백작은 조금도 놀라거나 당황해하지 않았다.

'제법 빠르긴 하지만 피하지 못할 정도는 아니군.'

쾌검만큼은 단리명에 비해 손색이 없는 하이베크의 검날을 자주 견식하다 보니 메르시오 백작은 어지간한 빠르기에는 이력이 난 상태다. 더욱이 하이베크의 검은 빠르기만 한 게 아니다. 강하고 날카로우면서도 어디로 날아들지 모를 만큼 변화가 심하다.

반면 라무에르 후작의 검은 그저 빠를 뿐이다.

까강!

손쉽게 라무에르 후작의 검을 쳐 낸 메르시오 백작이 재빨리 반격을 시도했다.

후아앗!

매섭게 날아든 검날이 라무에르 후작의 어깨를 노렸다.

상대가 하이베크였다면 코웃음을 치며 검을 튕겨냈을 터. 하지만 라무에르 후작은 감히 메르시오 백작의 공격을 당해내지 못했다.

푸욱!

날카로운 검날이 라무에르 후작의 어깨를 꿰뚫었다.

"커억!"

뒤늦게 고통이 밀려든 라무에르 후작의 입에서 비명이 터져나왔다.

어깨를 타고 붉은 핏물이 흘러내렸다. 부들거리는 입안에서는 차마 내뱉지 못한 욕지거리들이 빠져나오기 위해 안달을 하고 있었다.

"이놈!"

애써 고통을 삼킨 라무에르 후작이 메르시오 백작을 노려보았다.

그는 조금 전 공격을 우연이라 여겼다. 그저 운 좋게 휘두른 검에 부상을 입은 것이라 생각했다.

그것은 메르시오 백작도 마찬가지.

"방심했다간 큰 코 다칠 것이오."

자신이 얼마나 강해졌는지 짐작지도 못한 채 라무에르 후작에게 따끔한 충고를 내뱉었다.

마스터와 마스터의 싸움에서 방심은 죽음과 직결되는 법.

제아무리 라무에르 후작이라 할지라도 마에스트로가 아닌 이상은 최선을 다해야 옳았다.

"건방진 놈!"

거칠게 숨을 몰아쉬던 라무에르 후작이 발작하듯 검을 내질렀다.

후아앗!

검날이 매섭게 허공을 갈랐다. 하지만 처음의 날카로움은 보여주지 못했다.

까강!

"최선을 다하란 말이오!"

라무에르 후작의 검을 가볍게 튕겨내며 메르시오 백작이 다시금 소리쳤다.

메르시오 백작은 이번 기회를 통해 자신도 쓸모가 있다는 사실을 보여주고 싶었다. 그러기 위해서는 라무에르 후작이 최선을 다해 싸움에 임해야 했다.

하지만 라무에르 후작은 그 말조차 모욕으로만 느껴졌다.

'이놈이!'

라무에르 후작이 더욱 악에 받쳐 검을 휘둘러댔다. 힘이란 힘은 모두 쥐어짜 검에 실었다.

그러나 평정심을 잃은 탓일까.

후악! 후아악!

라무에르 후작의 검은 어지럽게 허공을 날아다녔다. 단 한 번도 메르시오 백작의 근처에 다가가지 못했다.

반면 메르시오 백작은 침착하게 대응하며 라무에르 후작의 틈을 노렸다.

처음에는 틈을 보고도 함정일지 모른다는 생각에 자제했지만 시간이 지날수록 자멸하는 라무에르 후작 덕분에 손쉽게 공격을 성공시킬 수 있었다.

최선을 다했음에도 공격 한 번 성공시키지 못한 라무에르 후작.

끝까지 방심하지 않고 빈틈만을 노린 메르시오 백작.

어찌 보면 초반에 결과가 난 것이나 다를 바 없었지만 둘의 대결은 제법 치열하게 전개되었다.

메르시오 백작은 마지막까지 라무에르 후작이 본 실력을 보이지 않는다고 생각했다. 그럴수록 라무에르 후작은 분노가 머리끝까지 치밀어 올라 마구잡이로 검을 휘둘러댔다.

"이, 이게 어떻게 된 거야?"

"저러다 메르시오 백작이 이기는 건 아니겠지?"

여유롭게 지켜보던 기사들의 표정이 점차 어둡게 변했다. 병사들은 아예 다리를 후들거리며 정신을 차리지 못하고 있었다.

"끄아아아!"

결국 분통이 터진 라무에르 후작이 허무하게 고꾸라지면서 싸움은 끝이 났다.

검 끝에 맺힌 핏물을 털어내며 메르시오 백작이 성문을 노려보았다. 그의 시야에 들어선 기사들과 병사들이 하나같이 움찔 놀라며 고개를 숙였다.

Chap.
26

하밀 국왕, 욕심을 버리다

1

    덜컹덜컹.

    피범벅이 된 라무에르 후작을 스쳐 지나며 잠시 지체됐던 마차가 드디어 하온 속으로 빨려 들어갔다.

    멍하니 그 모습을 지켜보던 기사들과 병사들은 어두운 얼굴로 주변을 수습했다. 비록 명에 따라 움직이는 인생이기는 하지만 라무에르 후작을 가지고 놀다시피 한 메르시오 백작의 검술을 지켜봐서인지 무척이나 혼란스러운 얼굴들이었다.

    반면 마차 안의 분위기는 화기애애(和氣靄靄)하기만 했다.

    "흐흐. 백작, 제법이야."

    말 많은 로데우스가 대견스럽다는 듯 말했다.

    겉모습이나 나이, 작위로 봐서는 전혀 어울리지 않은 칭찬이었지만 말을 모는 메르시오 백작의 입가가 살짝 꿈틀거렸다.

"어떻습니까, 대형."

하이베크가 슬쩍 단리명의 의견을 물었다.

조금 전 마스터인 라무에르 후작을 상대로 메르시오 백작이 선보인 검술은 더없이 깔끔하게 느껴졌다.

그 정도면 인간들 중에서는 손꼽히는 실력으로 봐도 무방했다. 그렇다면 쓸모없다던 단리명의 평가도 어느 정도는 달라졌을 터.

하이베크의 시선이 단리명의 입술을 향했다.

로데우스와 레베카도 궁금한 듯 단리명을 바라봤다.

마부석의 메르시오 백작조차 마차 쪽으로 귀를 기울였다.

단리명의 입가로 슬쩍 웃음이 번졌다. 서로의 강함을 비교하며 확인하려는 모습이 꼭 흑풍대원들을 보는 것 같았다.

"아직 멀었다. 하지만 나쁘진 않았다."

단리명이 솔직한 감상을 내뱉었다. 하이베크나 로데우스에 비한다면 아직도 많이 부족한 실력이었지만 처음 봤을 때보다는 분명 장족의 발전을 이뤄낸 게 사실이었다.

"가가. 너무 인색하신 거 아니에요?"

품에 기대고 있던 레베카가 살짝 웃음을 흘렸다. 마스터로서 동급의 실력자를 가볍게 물리쳤다는 건 칭찬을 받아 마땅한 일이다.

하지만 단리명은 말을 번복하지 않았다.

"글쎄⋯⋯."

그저 잠시, 마부석 쪽을 바라보는 것으로 기대감을 대신했다.

2

"이분들을 귀빈실로 모셔라!"

혹여 실수라도 할까봐 눈치 빠른 궁내관에게 단단히 주의를 준 뒤 궁내 대신이 내전으로 분주히 걸음을 옮겼다.

"왜 이리 늦었소!"

초조한 마음으로 궁내 대신을 기다리던 하밀 국왕이 안도감과 서운함을 표현했다.

"죄송합니다, 폐하. 오는 길에 불미스러운 일들이 있었는지라⋯⋯."

잠시 숨을 돌린 궁내 대신이 그간의 상황들을 간략하게 설명했다.

4대 공작들이 가만히 보고만 있지 않을 거라는 건 하밀 국왕도 어느 정도 예상했던 일이다. 하지만 궁내 대신의 보고가 이어질수록 그의 안색은 딱딱하게 굳어만 갔다.

특히 자신의 명도 어기고 성문을 막아선 라무에르 후작의 이야기를 들을 때는 평소답지 않게 주먹을 움켜쥐며 흥분하기까지 했다.

"감히! 감히!"

"폐하, 고정하십시오."

"지금 고정하란 말이 나오는가!"

하밀 국왕은 분을 감추지 못했다. 떨어진 왕실의 위상에 화가 나고 자신을 업신여기는 4대 공작의 횡포에 치가 떨렸다.

그럴수록 한시라도 빨리 리먼 공작과 레베카를 만나고 싶었다.

"그 아이들은 지금 어디 있는가?"

"일단 귀빈실로 모셨습니다."

"잘했네. 그럼 지금 즉시 내전으로 들라 하게. 아니, 그럴게 아니라 내가 가는 게 낫겠어."

비록 허수아비 국왕이라곤 하지만 직접 손님들을 맞는다는 건 상당히 파격적인 일이다. 그만큼 손님들을 귀히 여긴다는 의미이기도 했다.

하기야 세 명의 마에스트로와 한 명의 마스터가 찾아왔으니 하밀 국왕이 들뜬 것도 당연한 일. 그런 마음을 모르는 건 아니었지만 궁내 대신은 재빨리 하밀 국왕을 만류했다.

"폐하, 진정하십시오. 어찌 폐하께서 직접 움직이신단 말씀이십니까?"

차마 말하진 못했지만 궁내 대신은 단리명이나 하이베크, 로데우스가 하밀 국왕과 왕국을 어찌 생각하는지 어느 정도 짐작하고 있었다.

그들의 눈에 비친 하밀 국왕은 무능력한 군주였다. 하르페 왕국에 이어 하밀 왕국을 망조로 이끄는 가장 큰 원인이기도 했다.

그들에게 직접 찾아간다는 건 자신의 부족함을 자인하는 것이나 마찬가지였다. 국왕으로서 위엄을 버리려는 것이나 다를 바 없었다.

"폐하. 신이 가서 그들을 불러오겠나이다. 그러니 내전에 계십시오."

궁내 대신이 간곡한 목소리로 하밀 국왕을 설득했다.

"그리하도록 하라."

겨우 흥분을 가라앉힌 하밀 국왕이 어렵게 이성을 되찾았다.

내전을 빠져나온 궁내 대신은 즉시 귀빈실을 찾았다. 자신의 당부를 제대로 이해한 궁내관은 단리명 일행을 특실로 안내한 뒤였다.

"불편함은 없으셨는지 모르겠습니다."

특실로 들어서며 궁내 대신이 조심스럽게 눈치를 살폈다.

그러자 로데우스가 풋 하고 웃음을 터트렸다.

"갑자기 뭐하자는 거야? 어울리지 않는 짓은 집어치우라고."

조금 전까지만 해도 함께 마차를 타고 오면서 겁에 질린 토끼처럼 바들거렸던 궁내 대신이 딴 사람처럼 구니 우스울 수밖에 없었다.

하지만 궁내 대신은 얼굴의 화끈거림을 무릅쓰고 본연의 임무에 충실하려 애썼다.

"무슨 말씀이신지 모르겠습니다만 어쨌든, 폐하께서 리먼 공작님과 레베카 님을 기다리고 계십니다."

로데우스의 히죽거리는 얼굴을 외면하며 궁내 대신이 단리명을 올려다봤다. 마치 응당 그래야 하는 것처럼 단리명이 일어나기를 기다렸다.

그러나 푹신한 의자에 주저앉은 단리명은 미동조차 하지 않았다.

"리먼 공작님. 폐하께서 기다리고 계십니다."

한참이 지나도 대답이 없자 궁내 대신이 다시 한 번 아뢨다.

그러자 못마땅한 듯 눈가를 찌푸리던 단리명이 살짝 입가를 달싹거렸다.

"피곤하군."

"예?"

잘못 들었나 싶어 눈을 끔뻑이던 궁내 대신은 단리명의 표정이 차갑게 굳어지고서야 일이 잘못됐음을 눈치챘다.

뒤늦게 도움을 청하듯 코르페즈를 바라봤지만 소용없었다.

'미안하네.'

차마 내뱉지 못한 말을 삼키며 코르페즈가 고개를 흔들었다.

단리명이 한 번 고집을 부리면 레베카조차 어찌하지 못한
다. 하물며 겨우 목숨을 부지하는 자신이 나설 상황이 아니었
다.

"대형 말씀 못 들었어? 귀찮게 굴지 말고 그만 돌아가라
고."

조금 전까지만 해도 살갑게 굴던 로데우스가 냉정하게 궁내
대신을 밀어냈다.

흠칫 몸을 떨던 궁내 대신이 자신도 모르게 뒷걸음질을 쳤
다. 그 모습을 바라보던 단리명의 입가로 싸늘한 조소가 흘렀
다.

"가가. 왜 그러신 거예요?"

궁내 대신이 문밖으로 사라지자 레베카가 조심스럽게 물었
다.

특실의 이곳저곳을 살펴보며 상당히 만족스런 표정을 짓던
단리명이 갑자기 심기가 불편해진 이유가 궁금한 것이다.

하지만 단리명은 레베카의 황금빛 머리카락을 쓸어내릴 뿐
아무런 대답도 해주지 않았다.

제아무리 사랑하는 여인이라 할지라도 모든 속마음을 말해
줄 수는 없는 노릇이다. 특히나 사내들의 자존심 싸움으로 비
춰질 수 있는 명분 싸움은 더더욱 그러했다.

다행히도 일행 중에는 그러한 일에 능통한 코르페즈가 있었
다.

"코르페즈. 대형의 심기가 불편한 이유를 알고 있느냐?"

레베카만큼이나 이유가 궁금한 로데우스가 코르페즈를 닦
달했다.

잠시 뜸을 들이던 코르페즈가 단리명의 눈치를 살피며 입을
열기 시작했다.

"국왕의 초대를 받는 것과 부름을 받는 것은 엄연히 다른
일입니다. 아시다시피 리먼 공작님과 레베카 왕녀님께서는 하
밀 국왕의 정중한 초대를 받고 이곳까지 왔습니다. 그렇다면
응당 예법에 따라 맞이하는 게 도리입니다. 지금처럼 국왕의
권위를 내세워 먼 길을 온 손님을 피곤하게 하는 건 왕실 예법
에 어긋나는 일입니다."

"그러니까 국왕이란 작자가 지금 대형과 우릴 우습게 본다
는 말이냐?"

"우, 우습게본다기보다는 주도권을 잡으려 한다는 편이 맞
을 것 같습니다."

"주도권이라. 쳇! 또 쓸데없이 머리를 쓰는 모양이군."

로데우스의 눈매가 살짝 일그러졌다.

드래곤들의 사회에서 대부분의 논란들이 힘과 서열을 통해
정리되는 게 일반적이었다. 인간들의 자존심 싸움이 우스울
수밖에 없었다.

하지만 정작 인간 사회에서 주도권, 혹은 명분 싸움은 무척
이나 중요한 전략적 요소 중 하나였다.

"메르시오 백작령에서 하온까지 오는 동안 벌어졌던 일들이 리먼 공작님과 4대 공작의 싸움이었다면 지금부터는 국왕과의 싸움을 시작해야 합니다."

"국왕과의 싸움이라."

"물론 직접적인 무력 충돌은 없을 것입니다. 만에 하나 벌어진다 할지라도 결과는 뻔하겠지만요."

혹여 로데우스나 하이베크가 오해를 할까봐 코르페즈가 재빨리 말을 덧붙였다.

하밀 국왕이 미치지 않고서야 단리명 일행을 공격하려 들지 않을 것이다.

4대 공작이야말로 하밀 왕국을 지탱하는 유일한 무력들. 그들의 외면을 받는 지금 몇 되지 않는 근위 기사들을 동원해 단리명 일행을 핍박할 이유는 눈곱만큼도 없었다.

오히려 머잖아 들이닥칠 4대 공작들로부터 단리명 일행을 보호해야 하는 상황.

"하밀 국왕과 궁내 대신은 아마도 그 명분을 쥐고 싶어 하는 것 같습니다."

코르페즈가 조심스럽게 상황을 유추했다. 그러자 잠자코 듣고만 있던 하이베크가 눈가를 찌푸리며 끼어들었다.

"그러니까 마치 우리를 보호해 주는 것처럼 굴겠다는 것이냐?"

"확신할 수는 없지만 그럴 가능성이 큽니다. 아무래도 국왕의 입장에서 전대 왕실의 왕녀 일행을 받아들이는 편이 모양새가 좋을 테니까요."

"흥! 어처구니가 없군."

로데우스가 더 들을 것도 없다는 듯 코웃음을 쳤다.

자신들을 받아들이겠다니. 누가 누구에게 할 소리란 말인가!

"대형, 이대로 가만히 계실 것입니까?"

분을 삭이지 못하고 로데우스가 사납게 으르렁거렸다. 어지간해서는 감정을 드러내지 않는 하이베크조차 잔뜩 이맛살을 찌푸렸다.

본디 인간들이 간사하다는 건 잘 알고 있었지만 이렇게 당해줄 수는 없는 노릇이다.

자신들이 움직인 이유는 하밀 국왕의 정중한 요청이 있었기 때문이다. 그 이면에는 당연히 왕좌를 물려주겠다는 의지가 숨겨 있을 것이라 생각했다.

하지만 하밀 국왕의 생각은 다른 모양이었다. 모양새나 관례를 따져 가며 자신들을 품에 안으려 하는 것 같았다.

어쩌면 중간에서 말을 전하는 궁내 대신의 꿍꿍이인지도 몰랐다.

확실한 건 한 가지. 저들이 완곡하나마 먼저 속내를 내비쳤다는 것이다.

"한심한 것들."

흥분하는 로데우스와 하이베크를 바라보며 단리명이 나직이 중얼거렸다.

이럴 때 중요한 게 바로 평정심이다. 흥분한다는 건 상대의 계략에 말려들었다는 말과 다를 게 없었다.

물론 로데우스나 하이베크가 바라는 것처럼 힘으로 밀고 나가 굴복시킬 수도 있었다.

하지만 그랬다간 4대 공작에게 명분을 주는 꼴이 되고 만다.

상대가 명분 싸움을 걸어왔다면 자신들 또한 당당히 응해주는 게 최선이었다. 상대의 명분을 누르고 부서뜨려 반박할 여지조차 남겨두지 않는다면 하밀 국왕은 물론 궁내 대신도 어쩌진 못할 것이다.

"코르페즈."

"마, 말씀하십시오."

"하밀 국왕을 상대할 자신이 있는가."

"제가…… 말입니까?"

오랜만에 기회가 찾아왔지만 코르페즈는 쉽게 대답하지 못했다.

하밀 국왕을 상대하라는 건 왕국을 고스란히 바치게 만들라는 의미다.

하르페 왕국 재건을 목표로 함께하고 있다곤 하지만 솔직히 그럴 자신은 없었다.

"죄송합니다."

코르페즈가 한계를 시인하며 선선히 물러났다.

"하백. 스탈란 남작을 불러와라."

살짝 눈가를 찌푸리던 단리명이 내키지 않는 명을 내렸다.

"스탈란 남작이라면 잘할 것입니다."

옆에 있던 메르시오 백작이 옳은 선택이라며 반가워했다.

솔직히 말해 오랫동안 은신해 있던 코르페즈보다는 스탈란 남작이 좀 더 유용한 게 사실이었다.

하지만 단리명은 그 사실을 쉽게 인정하려 하지 않았다.

그에게 있어서 최선은 천마인을 통해 복종하도록 만든 코르페즈. 스탈란 남작은 수많은 차선책 중 하나에 불과했다.

스탈란 남작은 아직도 단리명보다 자신 위주의 삶과 생각에 빠져 있었다. 메르시오 백작가의 부흥을 도왔던 것 역시 자신의 능력을 펼칠 수 있는 배경을 만들기 위함이었다.

게다가 스탈란 남작은 현재 메르시오 백작 성에 있다.

"메르시오 백작령에 서신을 보내면 너무 오래 걸리지 않겠습니까?"

그 사실을 우려한 하이베크가 조심스럽게 물었다.

"하백. 벽왕을 타고 네가 직접 가라."

살짝 눈가를 찌푸리던 단리명이 마지못해 입을 열었다.

하온과 메르시오 백작 성을 벽왕을 타고 움직인다면 이틀이면 충분할 터. 그 정도 시간이라면 피곤하다는 평계로 충분히 벌 수 있을 것이다.

"알겠습니다."

중요한 임무를 부여받은 하이베크가 지체 없이 몸을 일으켰다.

"쳇!"

그런 하이베크가 부러웠던지 로데우스가 입술을 삐죽거렸다.

3

다음 날 저녁.

"제가 필요하시다 들었습니다."

예상했던 것보다 일찍 스탈란 남작이 하이베크와 함께 나타났다.

"하밀 국왕을 맡아라."

막 잠자리에 들려던 단리명이 눈살을 찌푸렸다.

마지못해 부르긴 했지만 자신감으로 가득 찬 스탈란 남작의 눈빛이 마음에 들지 않았다.

그런 단리명의 냉대를 스탈란 남작은 크게 신경 쓰지 않았다.

첫 만남부터 어긋난 상황이다. 자신에 대한 좋지 않은 인식을 바꾸기 위해서라도 이번 기회를 놓쳐서는 안 된다.

"실망시켜 드리지 않겠습니다."

스탈란 남작이 가볍게 고개를 숙였다.

"지켜보지."

그를 빤히 내려다보던 단리명이 무심한 얼굴로 고개를 돌렸다.

다음 날 아침, 스탈란 남작은 단리명을 대신해 하밀 국왕을 찾았다. 정확하게는 전전긍긍하던 궁내 대신을 상대했다.

"공작님께서는 어떠신가?"

"여독이 풀리지 않아 여전히 불편해하십니다."

"여독이라니. 마에스트로의 경지에 오른 분이 그 정도 여정을 힘들어 하신단 말인가?"

원했던 단리명을 만나지 못해서인지 궁내 대신은 상당히 약이 올라 있었다. 게다가 상대랍시고 내세운 게 메르시오 백작가의 총관이라는 사실에 적지 않게 자존심이 상했다.

하지만 스탈란 남작은 그가 만만하게 볼 만큼 어수룩한 자가 아니었다.

"물론 마스터의 경지만 되어도 어지간한 여독쯤은 금세 몰아낼 수 있습니다. 그럼에도 리먼 공작님께서 불편해하시는 이유를 정녕 모르시는지요?"

스탈란 남작이 살짝 입가를 비틀어 올렸다. 그러자 궁내 대신의 표정이 와락 일그러졌다.

"그게 무슨 뜻인가. 내가 리먼 공작님을 불편하게 해드렸단 말인가?"

궁내 대신의 음성으로 얼핏 노기가 섞였다. 자신이 직접 메르시오 영지까지 찾아가 국왕의 서신을 전하고 왕궁까지 모셔왔건만 무례를 저질렀다니. 얼토당토 않는 소리였다.

하지만 그것은 궁내 대신, 자신만의 생각일 뿐이었다.

"제가 한 가지 여쭤봐도 되겠습니까?"

"말하게."

"리먼 공작님을 왕궁으로 모셔온 이유가 정확하게 무엇인지요?"

"모셔온 이유가…… 무엇이라니?"

갑작스런 스탈란 남작의 질문에 당황한 것일까. 한껏 치떠졌던 궁내 대신의 눈동자가 살짝 흔들렸다.

그 틈을 놓치지 않고 스탈란 남작은 날카로운 공세를 퍼붓기 시작했다.

"리먼 공작님을 청하신 건 레베카 왕녀님을 인정했기 때문일 것이라 생각했습니다만… 왕실의 생각은 다른 것인지요?"

"다, 다르다니! 레베카 왕녀님을 왕실 사람으로 인정한다는 게 폐하의 뜻일세."

"다행이군요. 그렇다면 리먼 공작님은 어떻게 하실 생각이신지요?"

"어떻게 하다니. 아직 정식 혼례를 치른 것은 아니지만 당연히 레베카 왕녀님의 부군으로서 예우할 생각이네."

왕실에서 혼사에 대한 논의 없이 짝을 선택하는 건 금기 중에서도 금기로 꼽혔다. 하지만 가끔 예외란 있는 법. 감히 마에스트로의 강자를 퇴짜놓을 만큼 하밀 왕실이 대단하지는 않았다.

"예우라고 말씀하셨는데 구체적인 폐하의 생각은 어떠신지요? 왕실의 예법에 따르면 백작위 이상의 자리를 내리셔야 하겠지만 이미 공작이란 작위를 가지고 계시는 만큼 최소 공작위를 허락하시는 게 옳지 않겠습니까?"

"고, 공작위!"

"아, 생각해 보니 왕실의 유일한 정통 계승권자인 레베카 왕녀님의 반려라는 사실을 간과했군요. 그렇다면 최소 단승대공위 정도는 인정하실 생각이시겠지요? 안 그렇습니까?"

스탈란 남작의 입가로 교묘한 웃음이 번졌다. 반면 비로소 상대의 생각을 눈치챈 궁내 대신은 당혹감을 감추지 못했다.

'대공이라니! 정통 계승권자라니! 결국 하밀 왕실을 부정하겠다는 것 아닌가!'

차마 내뱉지 못한 비명을 되삼키며 궁내 대신은 쿵쾅거리는 마음을 억눌렀다.

오크 무리를 피하려고 오우거를 불러들였는데 알고 보니 폴리모프 한 드래곤을 상대하는 꼴이었다. 지금의 감정만으로는 4대 공작들보다 리먼 공작이 더더욱 두렵게만 느껴졌다.

"아, 아직까지 확실히 논의된 바는 없네."

궁내 대신은 일단 작위 논란을 마무리 지었다. 이대로 간과했다간 일이 걷잡을 수 없이 커지게 될 게 분명해 보였다.

"이해합니다. 리먼 공작님의 능력과 위치에 걸맞은 대우를 하시려면 지금보다 훨씬 더 많은 걸 논의하셔야겠죠."

스탈란 남작이 이해한다는 듯 주절거렸다. 하지만 그 말이 궁내 대신의 귓가에는 어리석음을 질타하는 비아냥처럼 느껴졌다.

"내 폐하께 리먼 공작님의 뜻을 전하겠네."

휘청거리는 다리에 힘을 주며 궁내 대신이 어렵게 자리에서 일어났다.

그런 궁내 대신을 향해 스탈란 남작이 쐐기의 일격을 날렸다.

"알겠습니다. 저 역시 공작님께 폐하의 의중을 전해드리겠습니다. 아울러 조금 서둘러달라는 부탁을 드리겠습니다. 어쩌면 조만간 4대 공작들을 만나셔야 할지 모르거든요."

4대 공작을 만나겠다는 건 꼭 왕실과 손을 잡을 이유가 없다는 의미.

"아, 알겠네."

궁내 대신의 얼굴이 하얗게 질려 버렸다.

"그럼, 답변을 기다리겠습니다."

스탈란 남작의 입가로 여유로움이 번졌다.

4

"허허. 결국 그렇게 되는군."

궁내 대신의 참담한 보고에도 하밀 국왕은 크게 충격을 받은 얼굴이 아니었다.

오히려 어느 정도 예상했던 듯 담담한 표정이었다.

"폐하께서는 화가 나시지도 않는지요."

참다못한 궁내 대신이 기어코 울분을 터트렸다. 그의 눈에는 애써 침착해 보이는 하밀 국왕의 마음속이 시커멓게 타들어 가는 것처럼 보였다.

하지만 그의 생각과는 달리 하밀 국왕은 진정 아무렇지도 않았다.

"화라니. 무엇에 대해 화를 내야 한단 말인가? 애당초 내 자리가 아니었던 이 왕좌를 위해? 고작 허울뿐인, 4대 공작의 허수아비 노릇을 하던 국왕이란 이름을 위해?"

"폐, 폐하!"

"아서게, 아서. 모든 게 부질없음을 왜 인정하지 않는가."

"크윽!"

"그렇게 화낼 필요 없네. 억울할 필요도 없어. 솔직히 말해 난 아주 홀가분하다네. 그분의 말씀처럼 난 그저 문지기에 불과해."

하밀 국왕의 자조적인 목소리가 내전을 구슬프게 울렸다.

과연 무엇이 한 왕국의 주인을 저토록 비참하게 만든 것일까.

"폐하!"

하밀 국왕을 올려다보는 궁내 대신의 얼굴로 뜨거운 눈물이 흘렀다. 마치 자신의 불충으로 인한 것 같아 가슴이 찢어질 듯 아팠다.

하지만 이것은 수많은 욕심들이 빚어낸 촌극일 뿐 그 누구의 잘못도 아니었다. 그 사실을 하밀 국왕은 모든 걸 잃어야 하는 순간에 깨닫고 있었다.

"내가 조금만 욕심을 줄였다면 어땠을까. 그랬다면 그 아이들도 지금껏 살아 있지 않았을까."

"폐, 폐하! 어찌 그런 말씀을!"

"자네에겐 차마 말하지 못했지만 가끔 그 아이들이 꿈에 나타난다네."

"폐하……."

"저세상에서라도 조금 편히 지내면 좋으련만 그렇지만도 못한 모양이야. 내게 자꾸 억울하다며 하소연을 하거든."

꽁꽁 숨겨두었던 아픔을 털어놓으며 하밀 국왕은 손에 쥐었던 모든 욕심을 놓아버렸다.

본디 자신의 것이 아니었던 이 국왕의 자리로 인해 얼마나 많은 걸 잃었던가.

젊음. 열정. 포부. 희망. 사랑하는 가족들까지.

18년이란 시간이 지난 지금 그에게 남은 것은 차디찬 의자 뿐이었다.

"리먼 공작에게 전하게. 모든 것을 내어줄 테니 늙은이의 마지막 추태는 이해해 달라고."

모든 것을 포기한 하밀 국왕의 얼굴이 부쩍 늙어 보였다.

그에게서는 더 이상 국왕으로서의 모습을 찾아볼 수가 없었다. 그를 끝까지 붙들고 놓아주지 않는 것 또한 욕심일 터.

"알겠습니다."

메마른 눈물을 닦아내며 궁내 대신이 몸을 일으켰다.

"그동안 수고 많았네."

하밀 국왕의 나직한 목소리가 축 처진 궁내 대신의 어깨를 두드렸다.

5

궁내 대신을 보낸 하밀 국왕은 대전으로 향했다.

대전은 텅 비어 있었다. 이제는 신하들조차 찾지 않는 그곳의 가장 안쪽에 금으로 도금된 왕좌가 덩그러니 놓여 있었다.

"후우."

하밀 국왕은 말없이 왕좌에 앉았다.

불현듯 지난날들이 눈앞을 스쳐 지났다.

하밀 국왕이 왕위에 오르면서 그의 세 아들도 자연스럽게 왕자에 책봉되었다. 그러나 현재 하밀 왕실을 이을 사내는 누구도 남아 있지 않았다.

4대 공작이 하밀 국왕에게 원했던 건 공교롭게도 그린 드래곤의 단언과 똑같았다.

문지기.

잠시 세간의 이목을 돌릴 만한 허수아비.

하밀 국왕은 처음 자신의 처지를 제대로 이해하지 못했다. 4대 공작이 자신을 선택했다며 왕좌에 욕심을 부리기까지 했다.

하지만 그 결과는 철저한 파멸뿐이었다.

낙마의 충격을 견디지 못하고 유약하던 1왕자가 죽었을 때는 그저 불운하다 여겼다.

검술을 좋아하는 2왕자가 대련 도중 입은 상처로 인해 세상을 떴을 때도 그럴 수 있다고 생각했다.

그러나 자신을 꼭 빼닮은 3왕자가 갑자기 정신을 잃었을 때, 독살일지 모른다는 신관의 이야기를 들었을 때, 비로소 자신의 욕심이 화를 불러왔다는 사실을 알게 됐다.

하밀 국왕은 후회스러웠다.

이 저주스러운 운명을 허락한 자신이 저주스럽기만 했다.

말 많은 신하들은 후비를 들여 왕자를 생산하라고 말했다.

하지만 하밀 국왕은 저들의 뜻대로 움직이지 않았다. 섣부른 희망을 통해 또다시 상실의 고통에 빠지고 싶지 않았다.

삼 년 전, 왕비마저 죽고 혈혈단신이 되었을 때 조금 후회스럽긴 했다.

자신의 대에서 하밀 왕조가, 하르페 왕실의 핏줄이 끝난다는 사실이 서글프기도 했다.

그러나 지금은 달랐다.

선왕의 유일한 핏줄인 레베카 왕녀. 그녀가 선택한 리먼 공작.

그들이라면 이 암울한 현실을 희망으로 바꿔놓을 수도 있을 것 같았다.

"그동안 수고 많았네."

누레진 팔걸이를 쓰다듬으며 하밀 국왕이 나직이 중얼거렸다.

그가 남긴 작별 인사가 대전을 조용히 휘감았다.

6

하밀 국왕이 욕심을 버리고 궁내 대신이 어렵게 현실을 받아들이면서 양측의 입장 차이도 빠르게 좁혀지기 시작했다.

"폐하께선 리먼 공작님이 원하시는 모든 것을 들어주기로 하셨소."

"듣던 중 반가운 말씀입니다. 그렇다면 작위 문제는……."

"대공의 자리가 좋을 것 같소. 그래야 4대 공작이 함부로 덤비지 못할 테니까."

본디 궁내 대신은 리먼 공작을 이용해 4대 공작을 견제할 생각을 가졌다. 그사이 왕권을 강화시켜 하밀 왕조를 일으켜 세운다는 계획이었다.

리먼 공작이 공작의 작위에 있다곤 하지만 정확하게 확인되지 않은 바, 그의 능력을 감안해 후작의 작위를 염두에 뒀다.

후작이면 4대 공작을 자극하지 않으면서도 중임을 맡을 수 있는 작위. 이후에 공을 세우면 공작의 작위로 올려 4대 공작의 대항마로 삼으려는 꿍꿍이도 없지 않았다.

하지만 모든 것을 포기한 이상 작위를 더 높일 필요가 있었다. 유사시 하밀 국왕의 권력을 물려받을 수 있을 만큼.

"대공이라… 듣는 것만으로도 가슴이 뛰는군요."

스탈란 남작이 기대감을 숨기지 않았다.

비록 온전한 신임을 받지 못했지만 섬기는 자가 높은 자리에 오르길 바라는 건 당연한 바람. 어쩌면 그가 메르시오 백작을 통해 꿈꾸었던 꿈이 보다 빨리 이루어 질 수도 있었다.

그러나 후작과 공작을 뛰어넘어 대공이 되는 건 생각만큼 쉬운 일이 아니었다.

"리먼 공작님께 어울리는 작위를 드리기 위해서는 대전 회의가 필요하오. 4대 공작과 그들을 따르는 세력이 한자리에 모인다면 생각 이상의 견제가 들어오게 될 것이오."

리먼 공작이 하밀 국왕의 손을 뿌리치고 홀로서기를 고집한 이상 앞으로의 모든 문제는 홀로 감당해야만 했다.

하밀 국왕은 그저 뒤에서 지켜볼 뿐이다. 4대 공작을 납득시키고 대공의 작위를 받아내는 건 오로지 리먼 공작의 몫이었다.

궁내 대신은 그 점이 염려스러웠다. 특히 발렌시아 공작이 문제였다.

그에게 어지간한 수작은 먹혀들지 않는다. 그 고집을 꺾을 수 있는 건 그를 뛰어넘는 검술뿐이다.

하지만 스탈란 남작은 걱정할 게 없다는 투였다.

"그 점은 심려치 마십시오. 리먼 공작님께서 알아서 하실 테니까요."

그간 스탈란 남작이 조사한 자료들은 상당히 방대한 수준이었다. 그중 대부분이 발렌시아 공작을 비롯한 4대 공작들의 것이었다.

발렌시아 공작이 강한 자를 선호한다는 사실은 이미 알고 있던 사실이다. 그를 진정으로 만족시킬 만한 강자가 지금껏 단 한 사람도 없었다는 사실 또한 잘 알고 있었다.

솔직히 말해 발렌시아 공작은 크게 걱정스럽지 않았다.

그가 강하다 할지라도 하이베크보다 강할 것 같진 않았다. 그를 농락하다시피 하는 리먼 공작과는 비교 자체가 어려웠다.

리먼 공작을 직접 만난다면 발렌시아 공작도 표정이 달라질 수밖에 없을 터.

그보다는 오히려 명분을 내세우는 칼리오스 공작이 더 까다롭게만 느껴졌다.

"사안이 사안인 만큼 폐하의 이름으로 대전 회의를 준비하도록 하겠소."

"알겠습니다."

"지방에 있는 귀족들까지 모두 참석하기 위해서는 족히 두 달이 걸릴 터. 그때까지 만반의 채비를 갖춰주기 바라오."

하밀 국왕의 뜻을 전한 궁내 대신은 곧바로 집무실로 돌아왔다. 서랍에서 수십 장의 금빛 종이를 꺼내 대전 회의에 대한 내용을 써 내려가기 시작했다.

언제나 볼일이 있으면 왕실에 통보를 하고 회의를 열었던 탓에 공식 문서를 작성하는 게 생각보다 쉽지는 않았다. 오래 글을 쓰다 보니 손가락이 아프고 팔목도 시큰거렸다.

하지만 궁내 대신은 불만 한마디 없이 마지막까지 최선을 다했다.

어찌 보면 궁내 대신으로서 마지막 공식 업무가 될지도 모르는 일.

"이제 끝이군."

서신들을 잘 봉하며 궁내 대신이 흐릿한 미소를 흘렸다.

잠시 후.

끼이이익!

하온의 4대 성문이 활짝 열렸다.

다가닥! 다가닥!

전령들을 태운 말들이 전국 각지로 흩어지기 시작했다.

그 모습을 말없이 바라보는 궁내 대신의 얼굴로 묘한 감흥
이 스쳐 지났다.

Chap.
27

하밀 국왕과의 대담

1

"왕녀님, 너무 아름다우세요~"

"맞아요. 지금껏 수많은 영애들을 봐왔지만 왕녀님처럼 아름다운 분은 처음이세요."

수많은 하녀들이 레베카를 둘러싸고 재잘거렸다.

여인들은 본디 칭찬에 약한 법. 특히나 아름다움에 관한 것이라면 더더욱 그러하다.

"그래?"

하지만 레베카는 살짝 미소를 띠는 것으로 감정 표현을 대신했다. 그녀의 마음에 들기 위해 애가 타는 하녀들의 마음을 외면한 채.

사실 드래곤들은 귀찮음과 번거로움을 체질적으로 싫어한

다.

갓 성년이 되었지만 레베카 역시 드래곤. 그나마 가장 개방적이라는 골드 드래곤이 아니었다면 하녀들에게 둘러싸일 일도 없었을 것이다.

덕분에 레베카의 호위를 담당하고 있는 엘프인 켈라는 한시도 쉴 틈이 없었다. 언제 어디서 어떤 일들이 벌어질지 모르는 터라 항상 눈을 크게 뜨고 그녀의 주변을 단단히 지켰다.

반면 단리명은 쉽사리 레베카에게 다가가지 못했다. 그저 함께 시간을 보내려 해도 말 많은 하녀들이 쑥덕거리니 신경이 쓰일 수밖에 없었다.

"귀찮게 됐군."

먼발치에서 레베카를 바라보던 단리명이 이맛살을 찌푸렸다.

오랜만에 왕실에 여인이 들어온 탓에 하녀들이 호들갑을 떠는 것까지는 이해했지만 독점하다시피 레베카 곁에 모여 있는 건 솔직히 마음에 들지 않았다.

"너도 고생이 많군."

단리명의 시선이 문가에 서 있는 코르페즈에게 향했다.

"제가 고생할 게 뭐가 있겠습니까."

코르페즈가 어색하게 입가를 들어 올렸다.

아직까진 신분이 어정쩡한 탓에 레베카의 주위를 맴도는 신세지만 하염없이 시간을 보내던 예전보다는 훨씬 의미 있는 나날이었다.

"그건 그렇고 원래 왕실의 하녀들은 저런가?"

애써 몸을 돌리며 단리명이 흘리듯 물었다.

"빼어난 미모는 둘째 치고라도 현 왕실의 유일한 여인이 아
닙니까. 게다가 여왕이 될지 모른다는 소문이 퍼진 상황이고
요."

코르페즈가 당분간은 어쩔 수 없는 일이라는 듯 가볍게 웃
었다.

그때였다.

"여기 계셨군요."

복도를 타고 스탈란 남작의 목소리가 들려왔다.

"무슨 일이냐?"

단리명의 눈매가 싸늘해졌다. 덕분에 꼬였던 일이 쉽게 해
결되었지만 단리명은 여전히 스탈란 남작이 마음에 들지 않았
다.

하지만 스탈란 남작은 조금도 개의치 않았다. 오히려 별것
아닌 일로 자신에 대한 감정이 달라졌다면 실망스러웠을 것이
다.

"하밀 국왕이 공작님을 청했습니다."

왕실 안이지만 스탈란 남작은 폐하란 호칭 대신 국왕이란
말을 사용했다.

그것은 레베카 이외의 왕족은 인정하지 않겠다는 의미.

다소 무모해 보이기도 했지만 그 점만큼은 단리명도 마음에 들었다.

물론 그런 감정조차 싸늘한 눈매에 묻혀 버리고 말았지만 말이다.

"날 만나겠다?"

"점심 식사 초대를 핑계로 공작님께 할 말이 있는 모양입니다."

"할 말이라."

"제 생각으로는 머잖아 있을 대전 회의를 걱정하는 것 같습니다."

"흐음."

단리명이 묵묵히 고개를 끄덕였다. 스탈란 남작의 생각처럼 대전 회의에 대한 말들이 오갈 게 틀림없어 보였다.

왕궁에 도착한 지 보름이 지났지만 단리명은 지금껏 단 한 번도 하밀 국왕을 만나지 않았다.

하밀 국왕 역시 레베카를 몇 차례 만나고 갔을 뿐이다.

적어도 대전 회의가 열리기 전까지는 한 번쯤 만날 필요가 있었다. 서로 주고받는 걸 확실히 해야만 대전 회의 때 힘을 모을 수가 있었다.

"한 번 얼굴을 보는 것도 나쁘진 않겠지."

단리명이 어렵지 않게 초대에 응했다.

"그럼 승낙하셨다 전하겠습니다."

그럴 줄 알았다는 듯 스탈란 남작이 슬쩍 입가를 비틀어 올렸다.

2

"어서 오시오."

약속 시간이 다 되어서야 나타난 단리명을 하밀 국왕은 반갑게 맞았다.

"식사에 청해주셔서 감사합니다."

단리명도 나름의 예의를 갖췄다. 무능력하다는 인상은 지우지 못했지만 적어도 오만으로 가득 찬 정파의 늙은이들보다는 나아 보였다.

"이스토르에서 왔다 들었소. 그곳의 입맛에 맞게 음식을 준비하라고 일렀는데 제대로 됐는지 잘 모르겠구려."

하밀 국왕도 웃으며 음식을 청했다. 확실히 그간의 식사에서는 보지 못한 음식들이 식탁을 가득 채워놓고 있었다.

일반적으로 이스토르인들은 날것을 좋아한다고 알려져 있다.

이스토르에서 넘어온 사내들을 기록한 바에 따르면 살아 있는 해산물을 날로 먹기도 하며 생고기를 뜯어먹기도 했다고 전했다.

그러나 단리명의 입맛에 맞는 요리는 아니었다.

"흐음."

흑풍대를 이끌고 무림을 종횡하던 시절 육포로 끼니를 때우긴 했지만 어려서부터 귀하게 자란 탓에 단리명은 날 요리를 별로 좋아하지 않았다.

그렇다고 하밀 국왕이 애써 준비한 것들을 외면할 수는 없는 일.

"신경 써주셔서 고맙습니다."

단리명은 커다란 생고기 덩어리를 들어 접시 위에 올렸다. 그것을 나이프로 깨끗이 썰어낸 뒤 입안에 넣고 오물거렸다.

"맛이 어떻소?"

하밀 국왕이 궁금하다는 듯 물었다.

"나쁘지 않군요."

각종 향신료로 버무린 고기 맛은 제법 독특했다. 하지만 솔직히 계속 먹고 싶은 생각은 없었다.

"입맛에 맞는 것 같으니 다행이오."

하밀 국왕은 만족스럽다는 듯 고개를 끄덕였다.

이스토르의 음식에 대해 알지 못하는 왕실 주방장이 만들었으니 맛있다는 게 더 이상할 터. 식사로 부족함이 없다면 그것만으로도 충분하다 여겼다.

잠시 단리명이 먹는 모습을 바라보던 하밀 국왕도 뒤늦게 식사를 시작했다. 그 틈을 노려 단리명은 입안에 넣기 전 삼매진화를 일으켜 포크에 꽂힌 고기들을 빠르게 익혀 버렸다.

"음?"

뭔가 냄새를 맡은 하밀 국왕이 단리명 쪽을 바라봤지만 특별히 어색한 점을 찾아내진 못했다.

'기분 탓일까.'

하밀 국왕은 간헐적으로 코끝을 스치는 냄새를 애써 잊어버렸다. 덕분에 단리명도 만족스런 식사를 마칠 수가 있었다.

식사 후 단리명은 내전으로 안내되었다.

"어서 오십시오."

미리 언질을 받은 궁내 대신이 차와 다과를 마련해 놓고 기다리고 있었다.

다행히도 후식으로 내놓은 차는 중원의 차와 비슷했다. 찻잎을 넣고 뜨거운 물로 우려내는 방식이라 크게 부담스럽지 않았다.

"좋군요."

찻잔을 내려놓으며 단리명이 처음으로 만족감을 드러냈다.

생각보다 향이 훌륭했다. 첫맛은 물론 뒷맛까지 깔끔함이 느껴졌다.

단리명의 얼굴로 따뜻함이 번졌다. 서역(?)으로 넘어와 오랜만에 차다운 차를 마신 것 같아 기분이 좋아졌다.

"차가 입에 맞는 모양이오."

하밀 국왕이 덩달아 미소를 지었다.

"차 이름을 알 수 있습니까?"

단리명이 온아한 목소리로 물었다.

"아, 그것은 북쪽에서 들여온 차요. 치르차라고 하던가."

"치르차라."

"입에 맞는다면 궁으로 보내주리다. 제국에서 선물로 보내온 것인데 우리 입맛에는 좀 떫은 감이 있어서 말이오."

마치 궁에 처박아 둔 것을 선물로 주는 것 같아 하밀 국왕은 내심 미안했다.

하지만 단리명은 크게 개의치 않았다. 그보다는 중원과 비슷한 차를 마실 수 있다는 게 좋았다.

"부탁합니다."

단리명이 정중하게 청했다.

"하하. 그게 뭐 어려운 일이라고 부탁씩이나. 궁내 대신이 들었으니 아마 오늘 중으로 치르차를 보낼 것이오."

단리명에게 부탁을 받는다는 것 자체가 기분이 좋았던지 하밀 국왕의 얼굴로 환한 웃음이 번졌다.

잠시간 화기애애한 분위기가 이어졌다.

하밀 국왕은 자신이 알고 있는 북방의 다도(茶道)에 대해 설명했다. 단리명은 그 다도가 중원과 크게 다르지 않다는 사실에 놀라면서도 한편으로는 자신보다 먼저 서역으로 되돌아온 천기자를 통해 전해진 것은 아닐까 생각했다.

하지만 이어지는 하밀 국왕의 이야기를 통해 자신의 생각이 잘못됐다는 사실을 알게 됐다.

"그러니까 북방의 쥬오르 제국은 신성 제국을 인정하지 않는다는 것입니까?"

"그렇소. 쥬오르 제국은 자신들만의 신이 따로 있다오."

"흐음. 재밌군요. 그렇다면 신성 제국이 가만있지 않았을 텐데요."

코르페즈는 단리명에게 대륙의 많은 것들을 일러주려 애썼다. 그중에서는 신성 제국의 오만함에 대한 것도 있었다.

최근에 멸마공의 흔적을 찾으면서 신성 제국에 대한 단리명의 집착은 더욱 커진 상태였다.

현재 남부 대륙의 나라들 중 신성 제국의 입김에서 자유로울 수 있는 곳은 한 곳도 없었다. 남부의 4대 제국들 중 가장 작은 땅덩어리를 가지고 있지만 그들이 보유한 성기사단의 힘은 어지간한 제국의 기사단을 능가할 정도였다.

게다가 그들이 양성한 신관들은 신앙심에 대한 강요만큼이나 치료나 구민 활동 등을 통해 각국을 돕고 있었다.

적어도 남부에서는 신성 제국에 반감을 가진 나라는 없다시피 했다. 하지만 북쪽의 사정은 달라도 너무 달랐다.

"물론이오. 덕분에 지금도 쥬오르 제국과 신성 제국은 사이가 나쁘다오."

단리명의 이해를 돕기 위해 하밀 국왕은 지도를 가져 오라 일렀다.

"여기 있습니다."

잠시 후 궁내 대신이 커다란 지도를 펼쳐 냈다.

"지도를 본 적이 있소?"

하밀 국왕이 지도를 쓰다듬으며 물었다.

"남부 대륙의 지도라면 몇 번 본 적이 있습니다."

단리명의 눈에 비친 남부의 모습은 상당히 익숙했다. 코르페즈와 메르시오 백작이 정세를 설명하며 보인 적이 있었다.

반면 북부의 모습은 무척이나 낯설고도 신기했다. 게다가 무척이나 방대했다.

호리병의 목처럼 가느다란 허리 위로 펼쳐진 대륙은 남부 대륙만큼이나 넓어 보였다.

아니, 북방의 미개척지를 감안한다면 남부 대륙 이상이었다.

"북방이 이렇게 넓은 줄은 몰랐습니다."

단리명이 나직이 감상을 토해냈다. 자신이 발을 디디고 있는 곳보다 넓은 땅이 존재한다는 사실에 가슴이 쿵쾅거렸다.

"하하. 그럴 것이오. 나도 처음에 이 지도를 보고 상당히 놀랐으니까."

하밀 국왕이 이해한다는 듯 너털웃음을 흘렸다.

기실 남부 대륙에서 통용되는 지도의 대부분이 북부 대륙을 간소화했다.

남부 대륙 사람들은 자신들이 살아가는 곳이 대륙의 전부인 줄 알고 있었다. 극소수의 선각자들을 제외한다면 북방이 이토록 광활한지 아는 자는 손에 꼽을 정도였다.

그 이면에는 신성 제국의 끝없는 이기심이 작용했다.

천주를 인정하지 않는 대륙은 있을 수 없다!

북방의 쥬오르가 끝내 천주를 부인하자 신성 제국은 분개를 감추지 못했다.

당장에 성기사들을 동원해 전쟁을 치르려 했다. 주변국들에 파병을 요청해 성전에 참여하라며 종용했다.

다행히도 그 당시 남부 대륙의 사정이 나빠 전쟁을 치를 여력이 없었다.

"저들이 천주를 인정하지 않는다면 우리도 저들을 인정하지 않을 것이다."

어떻게 해서든 분을 풀어야 했던 당대 교황은 다소 치졸한 수를 써서 북방을 무시했다.

그 결과 북방을 상세하게 그린 지도들이 가장 먼저 철퇴를 맞았다. 북방에 대한 서적들도 쥐도 새도 모르게 불태워졌다.

덕분에 활기찼던 북방과의 교류도 뚝 끊겨 버렸다. 덕분에 700여 년이 지난 지금은 당시보다 북방에 대한 자료들이 상당히 왜곡되어 있었다.

"분서갱유가 따로 없군요."

단리명은 어이가 없었다.

단지 신념의 차이로 상대를 인정하지 않겠다는 건 옹졸한 발상에 지나지 않았다.

"부르서개류……? 이스토르의 언어요?"

"제가 살던 곳을 이스토르라 부른다면 맞습니다."

"이스토르라. 아, 여기 있군."

하밀 국왕이 웃으며 지도의 오른편을 가리켰다. 그곳에는 남부 대륙의 반 정도 되는 대륙이 그려져 있었다.

"어떻소? 이스토르의 지도와 비슷하오?"

하밀 국왕이 슬쩍 물었다.

"닮은 것 같기도 하고 아닌 것 같기도 합니다."

지도를 꼼꼼히 살핀 단리명이 다소 애매모호한 답을 내놓았다.

"어느 정도 차이가 있는 건 어쩔 수 없는 일일 것이오. 실제 사람들은 자신들이 살고 있는 곳을 자세하게 그리게 마련이니까."

하밀 국왕이 그렇게 심각하게 받아들일 것 없다는 듯 껄껄 웃었다.

단리명도 어느 정도는 공감했다.

중원을 그린 지도들도 각양각색이었다. 무엇 하나 똑같은 게 없었다.

다만 중원과 서역이 분리되어 있다는 사실은 이해하기가 어려웠다.

'분명 진법을 타고 왔거늘. 그렇다면 진법이 공간을 이동하게 했단 말인가.'

적지 않게 혼란스러웠지만 단리명은 내색하지 않았다. 어쩌면 지도에 나와 있지 않은 또 다른 연결점이 있을지도 모를 일이었다.

그보다는 하밀 국왕이 자신을 청한 이유가 더 중요했다.

"얼추 짐작은 했겠지만 내 그대를 청한 건 몇 가지 부탁할 게 있어서라오."

적당히 분위기가 무르익자 하밀 국왕이 속내를 털어놓았다.

"들어드릴 수 있는 부탁이라면 들어드리겠습니다."

차가 주는 진정성 때문일까. 단리명은 최대한 호의적으로 하밀 국왕의 말에 귀를 기울였다.

"고맙소."

덕분에 마음이 가벼워진 하밀 국왕이 작게 미소를 지었다.

"리먼 공작. 그대도 알다시피 왕국의 사정은 좋지 못하오. 이미 망한 것으로 봐도 무방하오. 내가 너무 부족해 나라를 제대로 이끌지 못한 탓이오."

하밀 국왕은 망조를 4대 공작의 탓으로 돌리지 않았다. 자신의 잘못이라 여겼다.

그런 점이 단리명의 호감을 샀다.

'최소한 말만 번지르르한 정파의 늙은이들보다야 낫군.'

단리명은 하밀 국왕이 다시 보였다. 모든 것을 포기한 덕분에 고백할 수 있는 것이겠지만 그런 용기는 아무나 보일 수 있는 게 아니었다.

"궁내 대신에게 레베카를 왕위에 앉힐 생각이란 이야기를 들었소."

"애당초 왕좌는 하 매의 것입니다."

"그렇게 생각해 주니 고맙소. 그대가 남아서 레베카를 돕는다면 하르페 왕실의 재건도 충분히 이룰 수 있을 것이오."

"저는 하 매와 평생을 함께하기로 약속했습니다. 하 매의 일은 곧 제 일. 그 점에 대해선 염려하지 않으셔도 됩니다."

다시금 단리명의 굳은 의지를 확인한 하밀 국왕이 안도하듯 고개를 끄덕였다.

능력이 없는 자가 한 말이라면 단순한 치기라 웃어넘겼을 것이다.

하지만 상대는 마에스트로의 기사. 그것도 마에스트로를 수하로 둔 강자다.

그 경지를 정확하게 파악하지 못해 마에스트로의 경지에 뒀을 뿐 어쩌면 홀리 나이트와 마찬가지로 로드의 경지에 접어들었을지도 모를 일이었다.

"귀찮은 질문에 솔직히 대답해 줘서 고맙소. 나이를 먹다

보니 매사가 불안할 수밖에 없음을 이해해 줬으면 좋겠소."

하밀 국왕이 어색하게 입가를 들어 올렸다. 갓 스물을 넘긴 것 같은 단리명의 젊음을 보고 있자니 자신이 너무도 노쇠하게 느껴졌다.

"이것 하나만큼은 약속드릴 수 있습니다. 제 의지가 꺾이지 않는 이상 하르페 왕실은 기필코 부활할 것입니다."

단리명이 마지막으로 단언하며 하밀 국왕을 안심시켰다.

"고맙소. 정말 고맙소."

하밀 국왕은 마냥 고개를 끄덕였다. 자신의 손으로는 결코 이루지 못할 것 같았던 막연한 꿈이 현실이 된다는 사실이 그저 좋기만 했다.

확실히 리먼 공작은 듣던 대로 시원시원한 구석이 있었다.

그가 얼마나 강한지는 이미 들어왔고 앞으로 듣게 될 터. 그 점은 특별히 걱정스럽지 않았다.

다만 한 가지. 그의 다소 고집스런 성격이 마음에 걸렸다.

궁내 대신은 그 성격이 장점이 될 수도, 단점이 될 수도 있다고 했다.

하밀 국왕의 생각도 다르지 않았다.

군주의 강한 리더십이 때로는 독선처럼 느껴지게 마련. 강한 것도 좋지만 가끔은 사정을 두어야 만 신하들의 불만을 달랠 수 있었다.

그렇다면 과연 어떤 기준을 세워야 하는 것일까.

하밀 국왕은 그것을 백성들에게서 찾아야 한다고 생각했다.

"리먼 공작. 그대가 레베카를 아끼는 마음은 잘 알고 있소. 아마 레베카를 위해서라도 4대 공작은 물론 그를 따르는 귀족들을 용서하지 않을 거라는 것도 말이오."

빙 둘러온 하밀 국왕이 비로소 하고 싶었던 말을 꺼내었다.

반면 단리명은 아무런 대답도 하지 않았다. 다른 때 같았다면 당장 싫은 내색을 보였겠지만 하밀 국왕에 대한 인식이 달라져서인지 조금 더 들어보자는 생각이 앞섰다.

"내게 있어서 4대 공작은 원수나 다름이 없소. 내 자식들을 죽이고 내 희망을 앗아간 철천지원수 말이오. 하지만 백성들에겐 다르다오. 백성들은 아직도 그들을 왕국의 든든한 희망으로 생각하고 있다오."

"……."

"지금 무슨 생각을 하고 있을지 알 것 같소. 나 역시 내 원수들을 용서하겠다는 말은 하지 못하겠소. 다만 한 가지. 그들에게도 한 번의 기회는 줬으면 좋겠다는 생각이오."

"흐음."

"저들이 하르페 왕실을 무너뜨리고 날 꼭두각시로 앉힌 건 미래를 보지 못했기 때문이오. 그렇지 않았다면 오래전에 나라를 찢어 가졌을 것이오. 저들에게는 그만한 힘이 있으니까."

미래를 이야기하는 하밀 국왕의 입가로 씁쓸한 웃음이 흘렀다.

하르페 왕국의 기둥 노릇을 하던 4대 공작들에게도 꿈이 있었을 것이다. 희망이, 바람이 있었을 것이다.

그것을 실현 가능하게 해주는 게 군주의 역할이며 자질일 터.

그 염원들이 오랫동안 정체됐다면, 기대 자체가 불가능하게 됐다면 마냥 저들의 변절을 탓할 수는 없다는 것이다.

어찌 보면 궤변에 가까운 말이었다. 지나친 박애주의자나 패배주의자의 변명으로밖에 들리지가 않았다.

하지만 단리명은 하밀 국왕을 비웃지 않았다. 오히려 그렇게 생각할 수 있는 하밀 국왕이 대단해 보였다.

불현듯 그의 머릿속으로 패왕성주의 얼굴이 떠올랐다.

30년이란 나이 차이를 극복하고 친구가 된 패왕성주. 그는 수하들의 반란으로 한 팔을 잃고 쫓기는 신세가 되었을 때도 그들을 탓하기보다 자신의 무능함을 자책했다. 자신이 저들에게 꿈을 보여줄 수 없음을 한탄하며 단리명에게 무릎을 꿇고 패왕성을 이끌어 달라 부탁하기까지 했다.

열여덟 어린 나이에 감당하기에 패왕성주의 모습은 너무나 충격적이었다. 하지만 지금은 그의 심정을 어느 정도 이해할 수 있을 것 같았다.

이끄는 자는 수하들의 존경과 절대적인 충성을 받고 싶어 한다. 그러기 위해서는 자신과 함께하면 무엇이든 가능하다는 환상을 심어줘야만 한다.

 그것은 뛰어난 언변일 수도 있고 잘난 환경일 수도 있다. 개인적인 능력이 될 수도 있다.

 어쨌든 이끄는 자는 환상을 담보로 수하들의 모든 것을 움켜쥐려 한다. 수하들은 그 환상에 빠져 자신들의 모든 걸 이끄는 자 앞에 내려놓는다.

 그 환상이 깨져 마음이 달라지는 걸 어찌 수하들만의 잘못이라 할 수 있을까.

 "언제든지 나보다 강한 자가 나타난다면 그를 쫓아도 상관없다."

 새로 흑풍대원을 받을 때마다 단리명은 습관처럼 이 말을 내뱉었다.

 가끔 어수룩한 녀석은 '정말 그래도 됩니까?' 라고 물어보다 이천에게 뒤통수를 얻어맞곤 했다. 우직한 놈들은 그것도 시험이라 착각하며 '절대 그럴 리 없습니다!' 라고 목청껏 소리치기도 했다.

 "주군, 어째서 그런 말씀을 하십니까?"

 한 번은 흑풍대주 이천이 이유를 물어본 적이 있었다.

 "글쎄……."

 그때는 명확한 대답을 주지 않았다. 그저 막연히 그러고 싶다는 생각이 들었을 뿐이다.

하지만 지금이라면 확실히 말해줄 수 있을 것 같다.

그것은 흑풍대원들의 몸과 영혼, 모든 것을 취하는 주인으로서 약속하는 언약과 같다고.

그 언약을 평생도록 지키겠다는 사내로서의 사명과 다름없다고.

그런 단리명에게 하밀 국왕은 하르페 왕조의 기둥이 되어달라 청했다.

"난 그대가 저들에게 새로운 미래를 보여주길 바라오. 저들에게 새로운 꿈을, 희망을 보여주고 반성하게 만들어주길 바라오."

단리명의 힘 앞에 굴복한다면 저들은 그저 운이 없었다고 생각할지 모른다.

하지만 단리명이 보여준 환상에 젖는다면, 저들은 자신들의 선택이 잘못되었음을 한탄하게 될 것이다.

"약속드릴 수는 없습니다. 하지만 노력은 해보겠습니다."

잠시 고심하던 단리명이 자신의 의지를 밝혔다.

솔직히 레베카를 부인하고 하르페 왕조의 부활을 거절하는 자들까지 용서하고 싶은 마음은 없었다.

다만 레베카와 하르페 왕국의 재건을 위해서라도 변절자들에게 확실한 미래를 보여주는 것도 나쁘지 않을 것 같았다.

"고맙소. 그것만으로도 충분하오."

하밀 국왕이 안도하듯 미소를 지었다.

비로소 국왕으로서 자신의 마지막 임무가 끝난 것 같은 기분이 들었다.

3

날이 어둑해져서야 단리명은 자신이 머무는 궁으로 돌아왔다.

그곳에는 스탈란 남작이 먼저 와 기다리고 있었다.

"가셨던 일은 잘되셨습니까?"

스탈란 남작이 조심스럽게 물었다.

"궁금한 게 무엇이냐?"

단리명이 피곤하다는 듯 자리에 주저앉았다.

다른 이들이라면 단리명의 눈치를 살피고 물러났을 터. 하지만 스탈란 남작은 꼭 들어야 할 말이라도 있는 듯 단리명을 빤히 바라보았다.

"하아. 하밀 국왕이 4대 공작에게 기회를 달라고 하더군."

"역시. 그랬군요."

"역시라… 어느 정도 예상했던 말이로군?"

단리명의 가느다란 눈초리가 스탈란 남작에게 향했다. 그러자 스탈란 남작이 슬쩍 입가를 비틀어 올렸다.

"공작님께서 생각하시는 것 이상으로 4대 공작의 지지기반

은 탄탄합니다. 그들의 영지에서는 왕명보다 4대 공작의 말이
더 앞설 정도지요."

물론 대부분의 영지에서도 국왕의 명령보다는 영주의 입김
이 강하게 작용하는 게 사실이다. 그런 성향은 왕도에서 멀리
떨어진 영지일수록 강하게 나타난다.

그러나 그들 중 누구도 감히 왕명보다 자신들의 명이 더 중
요하다고 말하지 않는다. 그들의 다스림을 받는 백성들 역시
영지민이기에 앞서 하밀 왕국민이란 인식을 가지고 있다.

하지만 4대 공작의 직접적인 지배를 받고 있는 영지민들은
달랐다. 그들에게 4대 공작은 국왕과 다름없는 존재였다. 아
니, 하르페 왕실이 무너진 지금은 하밀 국왕보다 더욱 존귀하
게 여겨지고 있었다.

"아시겠지만 4대 공작은 건국 영웅들의 핏줄입니다. 기실
건국왕 하르페가 드래곤의 후예가 아니었다면 그들 중 다른
이가 왕위에 올랐을지도 모릅니다."

스탈란 남작은 그 이유를 간략하게 설명했다.

왕국의 시작부터 지금껏 함께한 4대 공작은 다른 귀족들과
궤를 달리했다.

남부의 메르시오 백작가가 전통 있는 가문이라고는 하지만
4대 공작 가문과 비교했을 때 손색이 많았다. 기실 그 점을
만회하기 위해 내키지 않은 중립 귀족들까지 끌어들인 것이
다.

예전에도 4대 공작가는 왕실에 비해 부족함이 없었다. 하물며 지금은 왕실이나 하밀 국왕보다 더욱 백성들의 신뢰를 받을 터.

하밀 국왕이 우려하는 건 바로 그 점이었다.

"하오면 뭐라고 답하셨는지요."

스탈란 남작이 겁도 없이 단리명의 의중을 물어왔다.

"뭐라고 말했을 것 같나?"

단리명이 슬쩍 눈을 빛냈다. 이 건방진 자의 능력이 어느 정도인지 다시 한 번 확인하고 싶은 마음이 치밀어 올랐다.

"평소의 공작님이시라면 거절하셨겠지요. 그러나 이번에는 조금 가능성을 열어놓지 않으셨을까 생각합니다."

스탈란 남작은 단리명을 실망시키지 않았다. 마치 방 안에 있기라도 했던 것처럼 단리명의 속내를 정확하게 꿰뚫어보았다.

"제법이군."

단리명의 입가로 얼핏 미소가 번졌다. 여전히 저 건방진 태도는 마음에 들지 않았지만 머리 쓰는 것 하나만큼은 나쁘지 않았다.

'마녀 같은 녀석이 다시없을 줄 알았건만.'

보면 볼수록 스탈란 남작은 마녀를 닮았다. 아직까지 마녀가 보여주었던 놀라운 능력에 비할 바는 못됐지만 앞으로 어찌 될지는 장담하기가 어려울 것 같았다.

다만 중원이나 이곳에서나 머리 쓰는 자들과의 대화는 귀찮았다.

"그래서, 원하는 게 무엇이냐?"

단리명이 단도직입적으로 물었다.

"제가 4대 공작의 세력을 흔들어놓을 수 있도록 허락해 주십시오."

오래전부터 꿈꾸었던 바람을 내보이며 스탈란 남작이 눈을 빛냈다.

Chap.
28

대전 회의가 열리다

1

본디 드래곤들은 떫기만 한 차를 좋아하지 않는다. 특히나 북방에서 난 차라면 이상한 것은 아닐까 의심부터 한다.

드래곤들 중에서 가장 인간의 삶을 잘 안다는 아마데우스조차도 북방의 차라면 질겁을 하니 누구도 마시려 하지 않았다.

레베카도 처음엔 불안한 마음이 컸다. 단리명이 손수 끓여 주는 까닭에 마지못해 받아들긴 했지만 마셔야 할지 고민스럽기까지 했다.

하지만 온화한 얼굴로 찻잔을 드는 단리명 앞에서 차마 거절을 할 수가 없었다.

'안티 포이즌.'

속으로 항독 마법을 중얼거리며 레베카가 찻물을 들이켰다.

꿀꺽.

생각했던 것만큼 차는 쓰지 않았다. 다시 마셔보니 오히려 담백하다는 생각마저 들었다.

"어떻소?"

단리명이 찻잔을 내려놓으며 물었다.

"좋아요."

레베카가 살짝 얼굴을 붉혔다.

"하 매가 좋다니 다행이구려."

단리명의 입가로 웃음이 번졌다.

요리에 이어 사랑하는 연인에게 무언가를 해줄 수 있다는 사실이 무척이나 즐거웠다. 사랑하는 연인과 이렇듯 함께하는 시간 자체가 너무나 행복했다.

"가가, 고마워요."

단리명과 마음이 통한 듯 레베카가 수줍게 말했다.

"나도 고맙소."

단리명도 지긋한 눈으로 레베카를 바라보았다.

그때였다.

"공작님."

문밖에서 스탈란 남작의 목소리가 들려왔다.

"이제 가봐야겠소."

살짝 미간을 찌푸리던 단리명이 천천히 몸을 일으켰다.

"가가."

"음?"

"다녀오세요."

뭔가 말하려던 레베카가 미소를 띠었다.

"걱정 마시오."

단리명이 걱정할 것 없다는 듯 밝게 웃었다.

2

궁을 빠져나온 단리명은 곧장 대전으로 향했다. 그의 뒤로
스탈란 남작이 바짝 따라붙었다.

"다들 모였느냐?"

단리명이 걸음을 놀리며 물었다.

"그렇습니다. 공작님."

스탈란 남작이 한결 공손해진 목소리로 대답했다.

"분위기는 어떻더냐?"

단리명의 목소리가 스치듯 울렸다.

"다들 날카롭게 날이 서 있습니다."

스탈란 남작이 살짝 굳어졌다. 대전 회의에 귀족들의 무장
을 허락했다는 사실이 적잖게 걱정스러운 모양이었다.

하지만 단리명은 시큰둥한 반응이었다.

"그럴 테지."

대전 회의 통보를 받은 이후 4대 공작 진영은 부산한 움직

임을 보였다. 하밀 국왕과 단리명의 관계를 파악하기 위해 촉각을 곤두세웠다.

그러나 당장 표면적으로 드러난 정보들이 너무나 부족했다.

갑작스런 대전 회의 소식에 참석이 어려울 수 있으니 시일을 연기해 주시오.

결국 4대 공작은 한 목소리로 대전 회의의 연기를 요청했다.

일단 시간을 벌고 그 틈에 정보는 물론 자세력들의 단합을 촉구할 생각이었다.

하지만 단리명은 단 한마디로 저들의 주장을 일축해 버렸다.

시일이 충분한 이상 연기는 없다. 불참자는 후에 책임을 묻겠다.

단리명의 의지를 확인한 4대 공작은 어이없어 하면서도 다른 경로를 통해 자신들의 뜻을 관철시키려 애썼다. 하지만 소용 없는 일.

"그 오만을 후회하게 될 것이오!"

결국 4대 공작의 공분을 사고 말았다.

기실 저들의 요청을 깡그리 무시한 채 일방적으로 대전 회의를 강행한 이상 어느 정도 충돌이 생기는 건 당연한 일이다.

솔직히 말해 저들의 성미를 건드리기 위해 일부러 무시로 일관한 것도 사실이었다. 그 분노가 대전 회의를 통해 폭발하도록 무장 자체도 관여하지 않았다.

덕분에 대전의 분위기는 흉흉하게 변해 있었다.

"지금이라도 제지를 취하는 게 좋지 않겠습니까?"

스탈란 남작이 재차 간했다. 단리명 일행을 믿고, 믿지 않고를 떠나 자칫 잘못했다간 큰 소란이 벌어질 수도 있었다.

일반적으로 대전 회의의 경우 무기의 반입은 금지됨은 물론 불필요한 의심을 피하기 위해 마나 제어 팔찌를 착용하는 게 관행이었다. 특히나 하밀 국왕처럼 보호 세력이 없다시피 한 군주일수록 이런 관행을 철저하게 지켜왔다.

하지만 단리명은 마나 제어 팔찌의 사용을 허락하지 않았다.

"그럴 필요 없다. 그 정도 배포라도 있으면 다행이겠지."

오히려 그런 일이 벌어지길 바란다는 듯 입가를 비틀어 올렸다.

"날 믿지 못하는 것이냐?"

분주히 걸음을 옮기던 단리명이 싸늘한 목소리를 내뱉었다.

"결코 아닙니다!"

스탈란 남작은 단호하게 부정했다.

단리명이 얼마나 대단한지는 직접 보고 겪어봐서 잘 안다. 가끔 하이베크와 로데우스를 상대로 대련하는 모습을 떠올리면 과연 인간이 맞나 싶을 만큼 심장이 두근거렸다.

적어도 강함이란 척도에 있어서 단리명을 능가할 만한 자는 없었다.

당연히 단리명의 신변에 이상이 있을 거란 걱정은 크지 않았다.

그보다는 지나치게 강압적으로 나서 귀족들의 반발을 살까 염려스러웠다.

"걱정하지 마라. 네가 우려하는 일은 일어나지 않을 테니까."

다행히 단리명도 쓸데없이 귀족들과 척을 지고 싶은 생각은 없는 듯했다.

하기야 어지간한 자들은 눈에 차지도 않는 그가 모든 귀족들을 일일이 상대하지는 않을 터.

"그렇다면 다행입니다."

스탈란 남작의 입가로 미약한 안도감이 번져 들었다.

그때였다.

"대형!"

"기다리고 있었습니다."

대전 앞을 서성거리는 하이베크와 로데우스의 모습이 들어
왔다.

"하이베크 님과 로데우스 님도 함께 참석하시는 것입니까?"

스탈란 남작이 놀란 눈으로 물었다.

본디 대전 회의는 국왕으로부터 작위를 받은 정귀족들만이
참석할 수 있다. 단리명이 참석하는 것 자체가 상당이 이례적
인 상황이었다.

그것으로도 모자라 하이베크와 로데우스까지 함께하겠다
니.

귀족들의 반발은 불을 보듯 뻔해 보였다.

그러나 단리명은 조금도 개의치 않는다는 표정이었다.

그것은 하이베크와 로데우스도 마찬가지.

"가자."

걱정으로 가득한 스탈란 남작을 떼어놓은 채 단리명이 대전
문으로 걸어갔다.

끼이익.

병사들이 대전 문을 힘껏 밀었다.

왕좌를 중심으로 좌우에 늘어선 수십여 개의 의자들. 그곳
에 앉아 있던 수많은 이들의 시선이 문 쪽으로 향했다.

3

"리, 리먼 공작께서 드십니다!"

단리명의 당당한 태도 때문일까. 아니면 함께 따라 들어온 하이베크와 로데우스 때문일까.

노련한 궁내관이 말을 더듬었다.

다른 때 같았으면 가벼운 웃음이 터져 나왔을 것이다. 궁내관도 민망함을 감추지 못하고 어색하게 입가를 들어 올렸으리라.

하지만 자리한 이들 중 누구도 감히 입을 열거나 웃지 못했다.

그만큼 단리명이 초반부터 뿜어내는 기세는 좌중을 기죽이기에 충분했다.

뒤따르던 하이베크와 로데우스마저 안색이 변할 정도였다.

대전에 들어서기가 무섭게 단리명은 2성의 천마지존강기를 끌어 올렸다.

특별한 구심점을 찾지 못한 기운들은 자연스럽게 피부를 통해 좌우로 흘러나갔다. 그것들이 단리명을 우습게 바라보던 귀족들의 눈빛들을 단숨에 두려움으로 바꿔 놓았다.

그것은 4대 공작도 마찬가지.

"크윽!"

겁도 없이 천마지존강기에 맞섰던 바르카스 공작의 입에서 앓는 소리가 흘러나왔다.

"헉!"

티마르 공작은 한술 더 떠 입을 쩍 벌렸다.

심장을 통해 재배열되던 마나가 천마지존강기와 섞이며 흔적도 없이 사라져 버렸으니 기겁할 만도 했다.

칼리오스 공작의 표정도 편치는 않아 보였다. 매사에 무관심하는 발렌시아 공작조차 날카로운 눈빛으로 단리명을 노려보았다.

오직 천마지존강기에서 벗어난 하밀 국왕만이 편한 마음으로 단리명을 맞을 수 있었다.

"어서 오시오. 자, 이쪽으로 앉으시오."

하밀 국왕이 자신의 오른편을 가리키며 말했다. 그러자 궁내관들이 호화로운 의자 하나를 왕좌의 아래쪽에 내려놓았다.

"늦었습니다."

하밀 국왕에게 가볍게 고개를 숙인 뒤 단리명이 의자에 앉았다.

그의 뒤쪽으로 하이베크와 로데우스가 근위 기사처럼 자리를 잡았다.

하밀 국왕의 바로 아래쪽에서 대전을 내려다보는 단리명의 시선에는 자신감이 넘쳤다.

반면 4대 공작과 귀족들의 표정은 딱딱하게 굳어 있었다.

국왕의 근처에 앉을 수 있는 건 오로지 왕족들뿐이다. 왕족이 아니라면 최소한 대공의 작위를 받아야만 가능했다.

그렇다는 건 하밀 국왕이 리먼 공작을 그만큼 우대하기로 작정했다는 의미.

"어이가 없군."

어렵게 입을 연 티마르 공작이 헛웃음을 흘렸다.

"미쳐도 단단히 미쳤어."

바르카스 공작도 보란 듯이 이맛살을 찌푸렸다.

지금껏 자신들의 눈치나 살피던 하밀 국왕이다. 감히 자신들에게 한마디 상의도 없이 외지인을 치켜세울 수는 없는 일이다.

하지만 그들이 상대해야 할 자는 더 이상 하밀 국왕이 아니었다.

"모두 모였으니 대전 회의를 시작하겠소. 아울러 오늘 회의는 여기 있는 리먼 공작이 주재할 테니 그렇게들 아시오."

하밀 국왕의 일방적인 통보가 이어지자 가뜩이나 경직됐던 대전의 분위기가 걷잡을 수 없을 만큼 굳어져 버렸다.

"지금 무얼 하자는 것입니까!"

참다못한 귀족 중 하나가 목소리를 높였다.

단리명 덕분에 신성 제국과 바르카스 공작에게 시달려 왔던 보르만 후작이었다.

하밀 국왕을 향한 그의 시선은 실로 오만했다. 18년 전에는 같은 작위에 있었다는 걸 감안하더라도 상대를 깔보는 게 눈에 보였다.

하지만 그런 태도도 오래 가지 않았다.

"시끄럽군."

단리명의 말이 떨어지기가 무섭게 주변을 맴돌고 있던 위화감이 빠르게 몰려들기 시작했다.

후아아!

거세게 일어난 천마지존강기가 그를 짓눌렀다.

"커억!"

보르만 후작이 비명을 내지르며 자리에 주저앉았다. 가느다랗던 그의 두 눈은 흡사 유령이라도 본 것만큼이나 터질 듯 부풀어 올라 있었다.

순식간에 대전이 조용해졌다. 눈 깜짝할 사이에 벌어진 상황에 적잖게들 놀란 눈치였다.

하지만 개중에도 분위기 파악 못하는 자들은 있게 마련이었다.

"마, 마법!"

"대전에서 이, 이게 무슨 짓이오!"

몇몇 귀족들이 목소리를 쥐어짜 냈다.

마치 불의 앞에 항변하듯 겁도 없이 단리명을 노려보았다.

그러나 그런 호기도 잠깐이었다.

후아아!

섬뜩한 기운이 목덜미를 스쳐 지나자 그들은 언제 그랬냐는 것처럼 바들거리며 의자에 주저앉았다.

"내가 묻기 전까진 함부로 입을 열지 마라."

살짝 겁에 질린 대전을 향해 단리명이 싸늘한 목소리를 내뱉었다.

후아아!

대전을 가득 매운 천마지존강기가 화답하듯 주변을 휘돌아다녔다.

그 섬뜩한 분위기에 눌린 귀족들이 저마다 목을 움츠렸다.

"그래, 그래야지."

좌중을 내려다보던 단리명의 입가로 섬뜩한 웃음이 번졌다.

시끄럽고 어수선한 건 질색이다. 지금처럼 침묵 속에 두려움과 분노가 뒤섞인 분위기가 오히려 익숙하게 느껴졌다.

지금의 광경을 마교인이 봤다면 피식 웃었을지 모른다.

살짝 들떠 있는 하밀 국왕의 모습은 교주의 모습을 연상시켰다.

단리명을 두려워하면서도 그를 통해 자신감을 얻는 게 교주와 판박이었다.

단리명이 앉은 자리는 공교롭게도 천마신교에서 소교주의 위치와 일치했다.

그의 뒤에는 언제나 흑풍대주 이한이 자리했었다. 그 역할을 하이베크와 로데우스가 하고 있다.

그를 바라보는 4대 공작의 시선은 따가웠다. 그것은 흡사 소교주에게 권력의 태반을 빼앗긴 부교주와 마교 장로들의 모습을 보는 것 같았다.

그들을 따르는 후작과 백작들의 표정도 노마들과 흡사했다.
단리명의 위세에 겁을 먹으면서도 감히 한편으론 자존심 상해
하는 모습들이 영락없이 똑같았다.

그들 중에서 유일하게 웃고 있는 메르시오 백작의 여유 속
에서 단리명에게 인정을 받은 철기대주가 떠올랐다.

천마신교에는 철기대주처럼 단리명을 따르는 젊은 강자들
이 많았다. 하지만 애석하게도 대전에는 메르시오 백작뿐이었
다.

그 외의 귀족들은 단리명의 눈에 차지 않았다.

몇몇 남부 귀족들이 자신들의 존재를 확인시키듯 일부러 시
선을 보내왔지만 감히 단리명의 시선을 끌지는 못했다.

천마신교에서도 마찬가지.

존재 가치가 미약한 마인들은 그저 자리수를 채우는 것에
지나지 않았다. 감히 누구도 단리명의 언사에 간여하지 못했
다.

그 분위기는 아마 대전 회의에서도 이어질 것이다. 아니, 이
어져야만 한다.

단리명은 하위 귀족들에 대한 관심을 지워 버렸다. 백작위
이상의 상위 귀족들 중에서도 유독 적개심을 보이는 자들을
눈여겨보았다.

적으로 만났다 할지라도 단리명은 사내다운 자들을 좋아했
다. 하지만 감히 그의 시선을 받고도 견디는 자는 손에 꼽을

정도였다.

'형편 없군.'

단리명의 눈가가 살짝 일그러졌다.

저들 중에서 과연 몇이나 가치가 있을까. 솔직히 장담하기
어려웠다.

물론 문파를 이끄는 것과 나라를 다스리는 것은 달랐다. 그
정도의 차이는 단리명도 인지하고 있었다.

감히 자신을 똑바로 쳐다보지 못하는 자들 중에서 문사로서
의 능력이 출중한 자들이 있을지도 몰랐다.

하지만 그 수는 결코 많지 않을 것 같았다.

"나에 대해 어느 정도는 알고 있을 테니 쓸데없는 말은 하
지 않겠다."

처음보다 실망감이 더해진 단리명의 목소리가 대전을 왕왕
울렸다.

대부분의 귀족들이 마른침만 꿀꺽 삼켰다.

그들이 얻은 정보에 따르면 상대는 동부 대륙에서 온 젊은
공작. 검술이 마에스트로 경지에 이른 절대 강자였다.

그가 자신의 소개를 생략했다는 건 소문이 틀리지 않음을
의미하는지도 몰랐다.

'저 젊은 나이에 마에스트로라니.'

'설마설마했거늘⋯⋯.'

비록 동부 대륙의 작위를 그대로 인정하지 않는다고는 하지

만 일개 왕국의 하위 귀족들이 함부로 대할 수 있는 상대가 아니었다. 게다가 상대는 마에스트로의 절대강자.

겁 많은 하위 귀족들이 바짝 숨을 죽였다. 혹여 단리명의 주목이라도 받을까봐 아예 자신의 발 앞만을 내려다보았다.

반면 고위 귀족들의 반응은 각양각색이었다.

기사 출신 귀족들은 호승심에 불타는 듯했다. 특히 5대 마스터라 불리는 이들은 노골적으로 단리명을 훑어 보았다.

마법사 출신 귀족들도 은밀하게 단리명을 관찰했다.

아무래도 대륙의 무력을 대변하는 검과 마법에 관련된 이들에게 있어 상대에 대한 평가는 강함의 척도를 통할 수밖에 없는 노릇.

과연 소문과 얼마나 일치하는가!

그들의 머리가 빠르게 회전하기 시작했다.

반면 검이나 마법과는 거리가 먼 문관 귀족들은 하위 귀족들만큼이나 겁을 먹은 것처럼 보였다. 그 속에는 강함을 추구하는 단리명에 대한 막연한 거부감이 자리해 있었다.

본디 문관들은 국왕의 성향에 따라 대우와 역할이 달라진다.

과거 하르페 왕국은 무력 만큼이나 문관들의 능력을 우대했다. 당연히 문관들의 입김이 강하게 작용할 수밖에 없었다.

하지만 하밀 왕국이 들어선 이후 4대 공작들의 권한이 더욱 강해지면서 문관들은 제대로 된 대접을 받지 못하게 됐다.

그 분위기는 지금도 마찬가지.

자신의 속내를 밝히기에 앞서 대전의 분위기와 4대 공작의 눈치를 살피느라 그들의 여린 눈동자는 부지런히도 움직이고 있었다.

'리먼 공작 쪽에서 먼저 검을 뽑아 든 것이나 마찬가지다.'

'이대로 침묵한다는 건 리먼 공작의 모든 것을 인정하겠다는 의미로 비쳐질지도 모르는 일.'

'과연 공작들은 어떤 반응을 보일 것인가.'

그들의 시선이 4대 공작의 표정을 훑는 빈도가 늘어났다. 그럴 수록 4대 공작이 느끼는 심적 부담감도 커져만 갔다.

"흥! 그대에 대해 뭘 안단 말인가."

그 압박감을 견디지 못하고 바르카스 공작이 입을 열었다.

순간 고위 귀족들의 시선이 단숨에 단리명에게 향했다. 단리명의 대응 방법에 따라 대전의 분위기 자체가 달라질 수도 있었다.

다행히도 단리명은 시작부터 수라마도를 뽑아 들 마음이 없었다.

"궁내 대신."

단리명이 대답 대신 궁내 대신을 찾았다.

"제가 대신 리먼 공작님에 대해 말씀드리겠습니다."

기다렸다는 듯이 궁내 대신의 설명이 이어졌다.

기실 단리명이 주도하는 흐름을 깨기 위해 끼어들었을 뿐 아는 게 없진 않았다.

동부 대륙 출신.

레베카 왕녀의 반려자.

마에스트로급의 기사.

궁내 대신의 설명이 이어질 때마다 귀족들은 속으로 고개를 끄덕여 댔다.

"내 소개는 이 정도면 충분한 것 같군. 그럼 이제부터 대전 회의를 시작하겠다."

자신의 존재감을 다시 한 번 각인시킨 뒤 단리명이 대전 회의를 주관하기 시작했다.

그러자 잠자코 있던 발렌시아 공작이 쾅 하고 팔걸이를 내려쳤다.

"어찌 외인이 대전 회의를 주관할 수 있단 말이냐!"

그의 성난 목소리가 단리명을 향해 달려들었다.

대전 회의의 규칙상 주재는 국왕이나 총리, 그 권한을 위임받은 자만이 가능했다. 외부인이 주재를 맡은 경우는 지금껏 단 한 차례도 없었다.

물론 전쟁이나 외교상 특별한 상황이 벌어졌을 경우 외부인이 대전 회의에 참석하기도 한다. 하지만 그들도 의사 표현만 가능할 뿐 감히 대전 회의를 주재할 생각은 하지 않는다.

쉽게 말해 단리명이 동부 대륙의 귀족 자격으로 참석했다면 회의 주재가 불가능하다.

물론 중간에 레베카 왕녀의 반려자로서 왕실 일원으로 인정받았다는 설명이 나오긴 했지만 그것만으로는 부족했다.

아직 레베카 왕녀에 대한 입장조차 명확하게 세워져 있지 않은 상황이었다.

그 와중에 왕녀의 반려자가 회의를 주관하겠다니. 어림도 없는 일이었다.

발렌시아 공작의 이의 제기는 정당했다. 적어도 절차적인 문제에서 만큼은 단리명도 자유로울 수가 없었다.

하지만 단리명이 공식적인 과정을 통해 하밀 왕실의 한 사람으로 인정받는다는 건 현실적으로 불가능한 일이었다.

왕실 사람으로 인정받기 위해서는 일단 왕실 사람과 혼인 혹은 혈연관계에 있어야 하며 국왕의 인정을 받은 뒤 대전 회의를 거쳐야 한다.

단리명은 그저 하밀 국왕에게 인정받은 것뿐이다. 레베카가 아직 왕녀로 인정받지 못한 이상 그녀와의 관계를 운운하는 것도 무리였다.

무엇보다 4대 공작이 쥐고 흔드는 대전 회의의 동의를 받는다는 것 자체가 불가능한 노릇.

결국 단리명을 인정하지 않겠다는 말이나 다를 바 없었다.

"그대가 발렌시아 공작인가?"

단리명의 시선이 발렌시아 공작에게 향했다.

"그렇다."

발렌시아 공작이 지지 않고 단리명을 노려보았다.

서로를 향한 두 사내의 시선이 마주쳤다.

파박!

허공에서 불꽃이 튀었다.

두 마에스트로가 드디어 충돌하기 시작했다.

Chap.
29

하 매를 받들라

1

"나를 인정하지 못하겠다는 것인가?"

단리명의 목소리가 싸늘해졌다.

"물론이다."

발렌시아 공작이 지지 않고 언성을 높였다.

"그대가 이스토르의 귀족인지 아닌지는 중요하지 않다. 원칙적으로 허락받지 못한 외지인은 대전 회의에 참석할 수가 없다. 당연히 대전 회의를 주재하는 것 또한 불가능하다."

발렌시아 공작은 공식적으로 단리명을 인정할 수 없다 선언했다.

그러자 단리명에게 일방적으로 억눌렸던 대전의 분위기가 달라졌다.

"옳소!"

"누구의 허락을 받고 함부로 대전 회의에 참석했단 말이오!"

몇몇 고위 귀족들이 선동하듯 목소리를 높였다. 그러자 다른 귀족들도 동조하듯 움츠렸던 어깨를 펴기 시작했다.

명분을 얻으면서 대전의 분위기가 급격하게 귀족들 쪽으로 기우는 것처럼 느껴졌다.

하지만 그것도 잠시.

"닥쳐라!"

단리명의 입에서 노성이 터져 나오자 대전은 언제 그랬냐는 것처럼 잠잠해졌다.

후아아앗!

대전을 가득 매웠던 천마지존강기가 다시 귀족들을 억눌렀다.

"큭!"

"으윽!"

막 입을 열려던 하위 귀족들이 비명을 흘리며 목을 움츠렸다.

"내가 묻기 전까진 함부로 입을 열지 마라."

뒤늦게 단리명이 내뱉었던 말이 머릿속을 울려댔다.

곤욕스러운 건 하위 귀족들만이 아니었다. 고위 귀족들은 물론이거니와 4대 공작들의 표정 또한 좋지 않았다.

"빌어먹을!"

연거푸 단리명의 기세에 눌린 바르카스 공작의 얼굴은 벌겋게 달아올라 있었다.

마음 같아선 당장 도끼를 들고 일어나고 싶었다. 하지만 마음처럼 몸이 움직여지지가 않았다.

바르카스 공작은 자신이 단리명의 기세에 눌렸다고 생각하지 않았다. 상대에 대한 정보가 부족해 잠시 밀리는 거라 자위했다.

하기야 문관 출신 귀족들도 참석하는 대전 회의에서 무작정 마나 쇼크를 사용하는 것 자체가 잘못된 일일 터.

'이스토르 놈들은 무식하다더니.'

바르카스 공작이 일부러 눈가를 일그러뜨렸다. 그렇게라도 해야 부글거리는 속이 조금 풀릴 것 같았다.

바르카스 공작의 옆에 앉은 티마르 공작도 살짝 얼이 빠진 표정이었다.

하지만 그는 바르카스 공작처럼 단리명의 기세에 놀란 게 아니었다.

그보다는 단리명의 뒤쪽에 서 있는 하이베크와 로데우스에게 시선이 갔다.

대전은 단리명이 뿜어댄 기운으로 가득 차 있었다. 그 사실은 문관들조차 하나같이 느끼고 있었다.

단리명이 강하다는 사실은 이미 들어 알고 있었다.

마에스트로를 뛰어넘는 마에스트로라는 소문까지 나도는 상황이었다. 순식간에 대전을 장악하고 발렌시아 공작과 팽팽히 맞서는 것에 대해 특별히 놀랄 이유는 없었다.

기실 단리명이 나타나기 전까지 대전 회의를 주도했던 건 발렌시아 공작이었다.

그 역시 단리명처럼 자신의 강함을 통해 귀족들을 조종해 왔다.

발렌시아 공작에서 리먼 공작이란 자로 그 대상만 바뀌었을 뿐 대전 회의의 분위기는 크게 달라진 게 없었다.

물론 주도 세력이 졸지에 몰리는 상황에 처했으니 당혹스러운 감이야 없지 않지만 냉철한 마법사의 이성을 흔들 정도는 아니었다.

다혈질의 바르카스 공작과는 달리 티마르 공작은 별달리 흔들리지 않았다. 하지만 리먼 공작의 기운 속에 뭔가 이질적인 기운이 스며드는 순간 언제 그랬냐는 것처럼 눈을 부릅떴다.

이질적인 기운의 근원지는 어렵지 않게 찾을 수 있었다.

대전 회의에서 리먼 공작을 도울 수 있는 건 메르시오 백작과 함께 나타난 두 사내뿐이다. 그러나 메르시오 백작은 가능성이 희박했다.

메르시오 백작은 만약을 대비해 4대 공작을 따르는 귀족들이 경계하는 상황이었다.

그들을 피해 리먼 공작을 돕기란 말처럼 쉽지 않은 일이었다.

게다가 이질적인 기운 역시 메르시오 백작이 만들어 낼 수 있는 게 아니었다.

이질적인 기운의 정체는 다름 아닌 마법.

그것도 6레벨에 진입해야 펼칠 수 있다는 간섭 마법이었다.

대전에서 간섭 마법을 펼칠 수 있는 건 티마르 공작과 그를 따르는 두 명의 백작뿐이었다.

여우 같은 칼리오스 공작이 마법 실력을 숨기고 있다고 해 봐야 도합 넷이 전부.

그들 중에서 단리명을 도울 자는 아무도 없었다.

물론 리먼 공작이 의외로 마법을 익혔을 가능성도 배제할 순 없었다. 하지만 티마르 공작은 그 확률을 낮게 봤다.

마에스트로는 마법에 한눈을 팔면서 이룰 수 있는 게 아니었다. 반평생 검에 몰두한 이들 중 극소수만이 이룬 경지였다.

젊은 나이에 발렌시아 공작과 필적할 만한 실력을 갖췄다면 당연히 검에 매진했을 터. 무엇보다 성격상 마법과 어울릴 것 같지 않았다.

대전을 가득 메운 리먼 공작의 기운 역시 강하고 흉포했지만 마법적인 느낌은 들지 않았다.

결국 은연중에 누군가의 도움을 받고 있다는 의미. 내부의 배신자가 없다면 남은 것은 저들뿐이었다.

티마르 공작은 꼼꼼하게 하이베크와 로데우스를 살폈다.

그중 하이베크의 인상착의에 대해선 들은 바가 있었다.

왕국 남부를 진동시켰던 백발의 마에스트로.

검도 뽑지 않고 메르시안 백작을 제압했다는 강자.

왕도에 오는 동안 레벡트론 용병단까지 섬멸시키면서 그에 대한 평가는 굳어지다시피 했다.

덕분에 4대 공작은 하이베크를 검사로만 여겼다. 날카로운 눈매와 호리호리한 체형도 마법보다는 검술에 적합해 보였다.

'저자 역시 마에스트로라면 마법을 익혔을 리 없을 터. 그렇다면 저자뿐이군.'

하이베크를 지난 티마르 공작의 시선이 자연스럽게 로데우스에게 향했다.

하이베크와는 달리 로데우스에 대해 알려진 것은 거의 없었다. 왕도에 오는 동안 몇 차례 활약했다는 정보는 있지만 그것만으로는 상대의 정확한 능력을 평가하기 어려웠다.

티마르 공작은 어쩌면 로데우스가 마법사일지 모른다고 생각했다.

그것도 최소한 6레벨 이상. 경우에 따라서는 자신과 필적할 수도 있다고 여겼다.

물론 자신을 뛰어넘을 가능성도 없지는 않았다.

하지만 4대 공작의 한 사람으로서 가지는 자존심 때문일까.
그 가능성을 애써 배제해 버렸다.

지금 대륙에서 8레벨이라 자신하는 마법사의 수는 다섯뿐.
자신을 비롯해 수많은 이들이 8레벨의 벽을 넘기 위해 노력하
고 있지만 아직까지 그 수는 달라지지 않고 있었다.

일각에서는 소리 소문 없이 8레벨에 오른 마법사가 있다고
들 하지만 솔직히 허튼소리에 지나지 않았다.

대부분의 마법사들은 공명심을 추구한다. 자신의 경지가 높
아지면 당연히 그에 따른 합당한 대우를 받으려고 한다.

그것은 티마르 공작 역시 마찬가지.

그토록 갈망하는 8레벨에 접어든다면 당장 4대 공작들 앞
에서 밝힐 생각이었다.

그만큼 마법사들에게 8레벨이 주는 의미는 남다를 수밖에
없었다.

'8레벨은 아닐 터. 그렇다면 7레벨일까. 아니면 6레벨을 마
스터한 수준?'

티마르 공작은 손이 근질거렸다.

마음 같아선 슬쩍 마나를 흘려 상대의 실력을 확인해 보고
싶었다.

하지만 그랬다간 상대가 흘려놓은 간섭 마법에 걸려들고 말

터. 그것을 빌미로 저들이 검을 뽑아 든다면 괜한 명분만 만들어주는 셈이 되고 말 것이다.

티마르 공작이 슬며시 건너편의 칼리오스 공작을 바라봤다.

그는 4대 공작 중 발렌시아 공작 다음의 영향력을 가지고 있는 강자. 과연 그는 어떤 표정을 짓고 있을지가 몹시 궁금해졌다.

발렌시아 공작에 대한 확고한 믿음이 유지되고 있을까.

아니면 리먼 공작에 대한 놀라움이 떠올라 있을까.

4대 공작들 중에서는 가장 객관적인 안목을 지니고 있다고 인정받는 그의 평가라면 충분히 신뢰할 만하다고 생각했다.

하지만 애석하게도 칼리오스 공작은 별다른 표정을 짓지 않고 있었다.

언제나처럼 무표정한 얼굴로 조용히 상황을 주시할 뿐이었다.

칼리오스 공작의 무표정이 의미하는 바는 크게 두 가지다.

하나는 굳이 관심을 기울일 필요가 없다는 의미.

다른 하나는 상대에 대한 명확한 파악 자체가 이루어지지 않았다는 의미였다.

둘 중 어느 쪽일까.

티마르 공작은 전자 보다는 후자 쪽에 가능성을 두었다.

단지 리먼 공작만 보았다면 전자일지 모른다는 생각을 했을 것이다.

하지만 리먼 공작을 지키는 마에스트로와 정체불명의 마법사까지 염두에 둔다면 당연히 고심할 수밖에 없을 터였다.

'결국 발렌시아 공작이 더 많은 것을 끌어내 주길 기다리는 수밖에 없겠군.'

티마르 공작은 의자 깊숙이 몸을 뉘였다. 마법사인 그에게는 전면에 나서는 것보다는 지금처럼 한 발 물러나 상황을 주시하는 쪽이 어울렸다.

그 순간에도 리먼 공작과 발렌시아 공작의 불꽃 튀는 신경전은 계속되었다.

"내가 이 자리에 올 수 있었던 건 국왕의 허락을 받았기 때문이다. 그런데 또 누구의 허락을 받아야 한단 말인가!"

단리명은 한결같은 주장으로 발렌시아 공작을 찍어 눌렀다.

하밀 왕국의 주인은 누가 뭐래도 하밀 국왕. 그가 레베카를 받아들이고 자신을 인정한 이상 문제될 게 없다는 주장이었다.

물론 일반적인 관점에서 봤을 때 그의 말이 옳았다. 하지만 대전에 모인 귀족들 대부분은 그 사실을 인정하려 들지 않았다.

"허튼소리!"

발렌시아 공작이 보란 듯이 코웃음을 쳤다.

언제부터 이 나라가 하밀 국왕의 것이 되었단 말인가.

언제부터 이 나라의 일을 하밀 국왕이 독단으로 처리했단 말인가.

분노가 머리끝까지 치밀어 올랐지만 발렌시아 공작은 평정심을 지켰다. 오히려 언제나처럼 분위기를 자신에게 돌리기 위해 노력했다.

"그대가 대단치 않은 검으로 폐하를 협박하고 이 나라를 어지럽히고 있다는 사실을 모르는 자가 아무도 없거늘, 폐하를 입에 올리다니! 정녕 부끄러움이라고는 모르는 자로구나!"

단리명을 노려보던 발렌시아 공작의 시선이 슬쩍 하밀 국왕에게 향했다.

그것은 일종의 신호였다. 이제라도 자신의 편에 선다면 모든 일을 없던 것으로 해주겠다는 은밀한 약속이었다.

"흥! 잔머리를 굴리는군."

단리명이 슬쩍 입가를 비틀었다. 한편으로는 하밀 국왕의 대답이 궁금해졌다.

과연 끝까지 소신을 지킬 것인가.

아니면 발렌시아 공작의 기세에 눌려 의지를 꺾을 것인가.

발렌시아 공작에 이어 단리명의 시선까지 느껴지자 하밀 국왕은 마른침을 꿀걱 삼켰다.

예전 같았다면 한 발 물러섰을 것이다. 그러는 편이 모두에게 좋은 일일 것이라 자위하며.

하지만 이번에는 달랐다.

"발렌시아 공작. 어디서 무슨 이야기를 들었는지 모르겠지만 리먼 공작이 나를 협박한 적 없소."

"폐하!"

"또한 남부에서 벌어진 일로 나라를 어지럽혔다는 말도 과하오. 리먼 공작은 하밀 왕국이 계승한 하르페 왕조의 적통을 찾아주기 위해 노력해 왔소. 그것을 어찌 반역으로 치부한단 말이오."

예상외로 하밀 국왕이 단리명을 두둔하자 발렌시아 공작의 표정이 일그러졌다.

뿐만 아니다. 발렌시아 공작의 반대편에 앉아 있던 바르카스 공작 역시 당장에라도 몸을 일으킬 것처럼 엉덩이를 들썩거렸다.

'저 빌어먹을 늙은이가!'

차마 내뱉지 못한 말을 되삼키는 바르카스 공작의 얼굴은 벌겋게 달아올라 있었다.

대전 회의만 아니었다면 하밀 국왕의 면전을 향해 도끼를 들어 올렸을 것이다. 그만큼 하밀 국왕이 보인 태도는 배은망덕하기만 했다.

"폐하! 어찌 그런 말씀을 하십니까!"

울부짖는 발렌시아 공작의 음성에도 진한 노기가 서려 있었다.

바르카스 공작 이상으로 그가 받은 충격은 컸다. 특하나 절대 배신하지 못할 것이라 여겼던 하밀 국왕이 자신의 눈을 똑

바로 바라보고 있다는 사실에 분통이 터질 지경이었다.

만일 그의 성격이 바르카스 공작만큼 급했다면 지금쯤 검을 뽑아 들었을 것이다. 그만큼 대전의 분위기는 심상치 않게 흘러가고 있었다.

"폐하. 신이 한 말씀 올려도 되겠습니까?"

발렌시아 공작이 숨을 고르는 틈을 노려 칼리오스 공작이 입을 열었다.

그는 4대 공작들 중에서 유일하게 하밀 국왕을 공대하고 있었다. 그러나 재밌게도 하밀 국왕에 대한 경멸심은 가장 심했다.

입을 여는 지금도 칼리오스 공작의 눈매는 싸늘하게 굳어 있었다.

"말하시오."

하밀 국왕이 슬며시 칼리오스 공작의 시선을 피했다. 솔직히 그 역시도 발렌시아 공작보다 칼리오스 공작을 상대하는 게 더 껄끄러웠다.

"폐하의 말씀이 설득력을 얻기 위해서는 한 가지 사실이 전제되어야 합니다."

"레베카 왕녀의 문제 말이오?"

"레베카 왕녀라……. 놀랍군요. 하밀 왕실에 또 다른 왕녀가 있었습니까?"

칼리오스 공작의 입가가 비릿하게 변했다.

순간 꽉 막혔던 대전의 분위기에 숨통이 트이기 시작했다.

"레베카 왕녀라니!"

"어찌 본인의 주장만 믿고 왕실의 일원으로 인정할 수 있단 말인가!"

단리명 앞이라 말조심을 하면서도 귀족들은 속내를 숨기지 않았다.

대전이 웅성거리자 칼리오스 공작의 입가로 웃음이 번졌다.

명분 싸움을 다시 원점으로 돌린 이상 리먼 공작이 얻은 것은 아무것도 없을 것이라 여겼다.

하지만 그의 득의함도 잠시뿐이었다.

"레베카 왕녀를 왕녀로 인정한 것은 내 뜻만이 아니오."

하밀 국왕의 뜬금없는 말이 이어지자 일방적으로 흐르던 분위기가 흔들리기 시작했다.

"폐하의 뜻이 아니라니요? 그럼 누구의 뜻이란 말입니까?"

하밀 국왕의 고백에도 칼리오스 공작은 여전히 여유가 넘쳤다.

그는 궁지에 몰린 하밀 국왕이 뒤늦게 말을 갈아타려는 것이라 여겼다.

만에 하나 하밀 국왕이 리먼 공작을 부인한다면? 그에게 협박받았다고 말한다면?

대전의 분위기는 완벽하게 발렌시아 공작 쪽으로 넘어오고 말 것이다.

'자, 어디 마음대로 떠들어보시오.'

하밀 국왕을 향한 칼리오스 공작의 시선으로 비웃음이 얽혀들었다.

하지만 하밀 국왕이 하려던 말은 그런 게 아니었다.

"레베카 왕녀를 인정한 건 그분이오."

"그분이라니요?"

"하밀 왕실, 아니, 하르페 왕실에서 그분이라 칭할 수 있는 분이 또 있단 말이오."

되묻는 칼리오스 공작에게 하밀 국왕이 쓴웃음을 흘렸다.

순간 정적에 휩싸인 대전.

한참이 지나서야 하위 귀족의 입에서 그분의 정체가 튀어나왔다.

"서, 설마… 드래곤?"

그 한마디가 대전을 경악으로 몰고갔다.

드래곤.

지금은 잊혀진 전설의 존재들.

겁도 없이 드래곤의 존재를 부인하는 자들이 넘치는 상황이지만 적어도 하밀 왕국의 귀족들은 그럴 수가 없었다.

하밀 국왕의 즉위식 날.

그들은 똑똑히 보았다. 하늘을 뒤덮은 녹색의 거대한 동체를.

"그렇소. 그분께서 오셔서 레베카 왕녀가 자신의 핏줄임을 인정하셨소. 아울러 그녀로 하여금 하르페 왕실을 열게 하라 말씀하셨소."

얼어붙은 귀족들을 향해 하밀 국왕이 설명을 이어갔다.

레베카의 정통성에 이어 하르페 왕실의 부활 이야기까지 나오자 대전은 더욱 큰 충격에 빠졌다.

자리한 이들 중 하르페 왕국을 기억하는 자는 손에 꼽힐 정도였다.

머릿속으론 기억하지만 마음으론 이미 떠나 버린 지 오래였다.

그런 과거의 왕조를 다시 부활시키라 한다.

그것도 갑자기 나타난 왕녀를 통해 말이다.

그 왕녀가 반려자라며 데리고 온 게 바로 눈앞의 리먼 공작이다.

귀족들은 더 이상 리먼 공작을 배척할 수가 없었다.

리먼 공작을 배척하고 레베카 왕녀의 정통성을 의심하는 건 결국 드래곤의 뜻을 부정하는 것과 마찬가지.

드래곤의 핏줄을 이어받은 하밀 왕국에서는 결코 있을 수 없는 일이었다.

하지만 단 한 사람만큼은 하밀 국왕의 말을 인정할 수가 없었다.

"거짓말 하지 마시오!"

분노로 일그러진 칼리오스 공작의 입에서 노성이 터져 나왔다.

남들이 알지 못하는, 또 다른 진실을 알고 있는 칼리오스 공작은 하밀 국왕의 말들이 전부 거짓처럼 느껴졌다.

하지만 하밀 국왕의 말은 한 치의 거짓말도 보태지 않은 사실이었다.

"난 누구처럼 거짓말을 하지 않소. 또한 거짓말을 할 이유도 없소."

하밀 국왕의 시선이 발렌시아 공작에게 향했다. 그러자 발끈하는 발렌시아 공작.

"국왕!"

본심을 드러내듯 하밀 국왕을 향해 날카로운 살기를 뿜어대기 시작했다.

마스터와는 달리 마에스트로는 살기만으로도 유형의 기운을 만들어낼 수가 있다.

마나 쇼크. 오직 마에스트로만이 구현해 낼 수 있다는 신비한 능력이었다.

마나 쇼크는 실로 다양하게 활용될 수 있었다. 순식간에 마나의 벽을 두를 수도 있고 화살처럼 쏘아내 상대를 공격할 수도 있었다.

발렌시아 공작은 하밀 국왕의 오만한 입을 틀어막고 싶었다.

후아앗!

그의 의지를 확인한 기운들이 날카롭게 쏘아져 하밀 국왕을 향해 달려들었다.

오래전부터 자신의 뜻에 반할 때면 발렌시아 공작은 지금처럼 마나 쇼크를 이용해 자신을 농락해 왔다. 고통스러워하는 자신을 부축하며 강제로 대전 밖으로 내쫓아 버렸다.

자신의 증언이 계속될수록 4대 공작은 불리해질 수밖에 없었다. 당연히 자신을 공격해 대전 밖으로 몰아내리라 생각했다.

'어림없다! 이놈!'

하밀 국왕은 눈을 질끈 감았다. 이번만큼은 무슨 일이 있더라도 비명을 지르거나 혼절하지 않을 생각이었다.

하지만 굳이 그럴 필요는 없었다.

용기는 가상했지만 발렌시아 공작의 분노가 담긴 마나 쇼크는 그가 참아낼 수 있는 게 아니었다.

게다가 자신의 눈앞에서 상대가 재롱을 떠는 걸 지켜볼 단리명이 아니었다.

"어딜!"

탕!

단리명이 빠르게 팔걸이를 내려쳤다.

순간 주변에 몰려 있던 천마지존강기가 발렌시아 공작의 마나 쇼크를 찢어발겨 버렸다.

"크윽!"

발렌시아 공작의 얼굴이 사납게 일그러졌다.

하밀 국왕을 혼내주기는커녕 오히려 자신이 타격을 입다니!

굴욕도 이런 굴욕은 없을 것 같았다.

"네 이놈! 여기가 어디라고 감히 소란을 피우는 것이냐!"

발렌시아 공작이 밀리자 기다렸다는 듯이 바르카스 공작이 도끼를 들어 올렸다.

그러자 지지 않고 메르시오 백작이 검을 뽑아 들었다.

"리먼 공작께 이 무슨 무례요!"

메르시오 백작의 검을 타고 뿌연 오러 블레이드가 치솟자 바르카스 공작은 물론 그를 제지하기 위해 일어났던 자들마저 흠칫 놀라지 않을 수 없었다.

알려지기로 메르시오 백작은 마스터 중급의 실력에 머물러 있었다. 하지만 지금 보여주고 있는 오러 블레이드는 하이 오러 블레이드라 해도 손색이 없을 만큼 강렬하기만 했다.

"메르시오 백작! 감히 바르카스 공작에게 검을 들이민 것이냐!"

메르시오 백작이 나서자 티마르 공작도 재빨리 몸을 일으켰다.

그러자 이번에는 단리명의 뒤쪽에 서 있던 로데우스가 손가락을 풀며 히죽거렸다.

"거기, 티마르 공작이라고 했던가? 다치고 싶지 않으면 얌

전히 앉아 있는 게 좋을 거야."

마치 티마르 공작 정도는 상대도 되지 않는다는 로데우스의 발언에 좌중은 물론 발렌시아 공작까지 눈을 부릅떴다.

하지만 그것도 잠시.

후아아앗!

로데우스의 온몸에서 홍염의 기운이 뿜어져 나오자 누구 하나 입을 열지 못했다.

특하나 로데우스의 힘을 정면으로 받은 티마르 공작은 마나 서클이 텅 빈 것 같은 느낌에 빠져들었다.

'저, 저 정도였다니!'

자리에 털썩 주저앉은 티마르 공작의 얼굴로 두려움이 번졌다. 그러자 정신 차리라는 듯 바르카스 공작이 그의 어깨를 잡고 흔들었다.

"속지 마시오! 필시 대전에 장난을 쳐 놓은 게 틀림없소!"

바르카스 공작은 대전에 무언가 장치가 있는 것이라고 확신했다. 어쩌면 자신들이 앉은 의자에 교묘한 마나 제어 마법이 걸려 있는지도 몰랐다.

어쨌든 더 이상 대전에 머물기가 꺼려졌다. 놀랄 만큼 성장한 메르시오 백작도 껄끄러웠고 괴물 같은 리먼 공작도 부담스러웠다.

"일단 이곳을 나갑시다!"

바르카스 공작이 선동하듯 목청을 높였다.

뒤에서 조종하는 게 발렌시아 공작이라면 나서서 주도하는 건 보통 바르카스 공작의 몫이었다. 그 때문에 바르카스 공작을 못마땅해하면서도 발렌시아 공작은 늘 중임을 맡겨왔었다.

"티마르 공작! 일어나시오!"

바르카스 공작이 티마르 공작을 일으켜 세웠다. 그의 허리를 감싸 안으며 하밀 국왕에게 인사조차 없이 대전을 나섰다.

그를 따라 몇몇 고위 귀족들이 퇴장하기 시작했다.

"아직 대전 회의가 끝나지 않았소!"

궁내 대신이 다급히 소리쳤지만 자리를 이탈하는 귀족들만 늘어날 뿐이었다.

"죄송합니다, 대형. 제가 성급했습니다."

로데우스는 이 모든 게 자신이 나서서 생긴 일이라 자책했다. 같잖은 것들이 함부로 설치는 게 못마땅해 발끈한 게 화근이었다.

하지만 단리명은 로데우스를 야단치지 않았다.

"아니, 나쁘지 않았다."

오히려 대견스럽다는 눈으로 로데우스를 바라봤다.

"……예?"

영문을 모르겠다는 듯 로데우스가 고개를 갸웃거렸다.

그것은 하이베크도 마찬가지. 단리명이 무슨 생각을 하는지 도무지 모르겠다는 표정이었다.

하지만 메르시오 백작은 어느 정도 알 것 같다는 얼굴이었다.

"대전 회의에서 4대 공작이 먼저 꼬리를 내리고 도망쳤으니 조만간 큰 혼란이 벌어질 것 같습니다."

하밀 왕국의 든든한 기둥 노릇을 하던 4대 공작. 그들이 자신들이 주도해 왔던 대전 회의에서 밀려났다는 사실로 인해 벌어질 여파는 어느 정도일까.

메르시오 백작의 머리로는 도무지 짐작조차 되지 않았다.

왕국의 분열

1

대전 회의가 남긴 여파는 컸다.

"드래곤이 나타났다니."

"그렇다면 명분은 저쪽에 있지 않은가."

대다수의 귀족들은 혼란함을 감추지 못했다.

그들은 하르페 왕실의 정통성이 이제 4대 공작에게 있다고
생각했다.

하르페 왕국은 드래곤의 후예인 건국왕 하르페뿐만 아니라
4명의 영웅들에 의해 만들어진 나라.

이들은 나와 함께한 형제요, 하르페 왕실을 보호할 기둥이
다. 이들이 없이 어찌 이 나라가 있을 수 있단 말이냐.

하르페의 유지에 따라 귀족들은 하르페 왕실의 피가 끊긴다면 그 다음은 4대 공작들 차례라 여겼다. 그런 생각들을 4대 공작들은 당연하다는 듯 받아들여 왔던 게 사실이다.

하지만 지금은 그런 분위기가 달라지고 있었다.

"레베카 왕녀가 진짜 하르페 왕실의 피를 이어받았다면 이제 어떻게 되는 것이오?"

"그, 그야 드래곤까지 인정했으니… 어쩔 수 없지 않겠소?"

"그럼 다시 하르페 왕국으로 되돌아가야 한단 말이오?"

"현실적으로 어렵겠지만 그래야 하지 않을까요?"

남부 연합과 중립 귀족을 제외한 대부분의 귀족들은 4대 공작과 연이 닿아 있었다.

그들은 4대 공작이 하밀 왕국을 버리고 각자의 길을 갈 때 함께할 생각이었다. 4대 공작이 독립을 하든 다른 나라의 품속으로 들어가든 상관없었다.

하지만 지금으로썬 자신들의 선택을 고집할 수가 없게 됐다.

일단 신념처럼 여겼던 명분이 흔들리고 있었다.

4대 공작을 따르기 위해선 하르페 왕실의 핏줄이 없어야 한다는 전제 조건이 깔렸다.

드래곤의 인정을 받지 못한 하밀 국왕을 무시해 왔던 것도 그런 이유.

그러나 레베카 왕녀가 나타난 이상 자신들의 미래에 대해 다시 한 번 생각해 볼 필요가 있었다.

"리먼 공작에 대해 아는 게 좀 있으시오?"

"허허. 설마 리먼 공작에게 협조하시려는 건 아니지요?"

"그럴 리가요. 그저 상대해 대해 알고 싶은 것뿐이랍니다."

귀족들은 알게 모르게 단리명에 대해 조사하기 시작했다. 하지만 이렇다 할 정보를 얻지는 못했다.

"곤란하군. 걸리는 것조차 전부 저들을 통해 흘러나온 것뿐이니 원."

시간이 지날수록 귀족들의 이마골이 점점 깊어져만 갔다.

바로 그때, 낯선 사내들이 집무실로 찾아왔다.

"루반 자작님 되십니까?"

"그렇네만 자넨 누구인가?"

"처음 뵙겠습니다, 자작님. 스탈란 남작의 서신을 가지고 왔습니다."

"스탈란… 남작?"

처음에는 스탈란 남작이 누구인지 기억하지 못하던 귀족들은 서신의 내용을 확인하고서야 남부의 여우를 떠올렸다.

"메르시오 백작가의 그 스탈란 남작을 말하는 것인가?"

"그렇습니다. 자작님."

"스탈란 남작이 따로 한 말은 없는가?"

"현명한 선택을 기다리겠다고 말씀하셨습니다."

"현명한 선택이라……."

다른 때 같았다면 코웃음을 쳤을 것이다.

스탈란 남작의 이름이 남부에선 제법 유명할지 몰라도 중앙 정계에선 아니었다.

그는 메르시오 백작에게 빌붙어 사는 기회주의자쯤으로 평가받고 있었다. 과거의 그를 기억하는 이들은 한목소리로 별 볼일 없는 작자라고 떠들어댔다.

메르시오 백작가가 리먼 공작의 수중에 떨어졌을 땐 보란 듯이 깔깔거렸던 이들마저 있었다.

하지만 지금은 달랐다.

현재 귀족들 중 리먼 공작과 가장 빈번하게 교류하는 존재는 다름 아닌 스탈란 남작.

그가 먼저 내밀어준 손이 더 이상 보잘것없게 느껴지지 않았다.

어쩌면 자신과 가문의 미래가 달라질지도 모르는 일.

"만약의 경우 안전을 보장해 주겠다고 했는데 확실한가?"

"물론입니다."

"기사들을 보내주겠다는 것인가? 아니면… 용병들인가?"

"그것까진 자세하게 말씀드릴 수 없습니다."

"흐음……."

"다만 한 가지 말씀드릴 수 있는 건 검과 마법의 위협으로부터 영지와 자작님의 안위는 물론 가족분들까지 지켜드릴 수 있다는 점입니다."

"…확실한가?"

"물론입니다.

"증명할 수 있는가?"

"협조하시겠다는 증서를 써주신다면 보여드리겠습니다."

"증서만으로… 날 믿을 수 있겠는가?"

"그건 걱정하지 마십시오. 스탈란 남작의 서신은 서른 장뿐
이니까요."

하밀 왕국의 영지는 도합 72개. 그중 메르시오 백작령을 포
함해 리먼 공작에게 굴복한 6개의 영지를 제외하면 66명의 귀
족들이 적대 세력으로 분류된다.

그들 중에는 과거 함께했던 중립 귀족들도 포함되어 있을
것이다. 그렇다 할지라도 30장의 서신으로는 모든 귀족들을
포섭하기가 불가능했다.

다시 말해 애당초 포섭할 귀족들은 정해져 있었다는 의미.

안정과 개혁, 둘 중에 개혁 쪽에 무게를 두었다는 의미다.

다행히도 서신을 받은 귀족들은 단리명이 원하는 새로운 하
르페 왕국과 함께할 자격을 갖춘 이들이었다. 그렇기 때문에
살 수 있는 기회를 부여받았다.

물론 그들이 어떻게 쓰일지는 당사자인 단리명에게 달린 일
이겠지만 지금으로서는 선택의 여지가 생겼다는 사실에 안도
할 만했다.

"어떻게 하시겠습니까?"

종용의 목소리가 울렸다.

"그렇게 하겠소."

한참을 고심하던 귀족들은 하나같이 고개를 끄덕거렸다.

리먼 공작에게 협조하겠다는 서신을 따로 작성할 필요는 없었다.

"그럼 여기에 인장을 찍어주십시오."

사내가 품속에서 또 다른 서신을 꺼냈다. 그 안에는 스탈란 남작이 미리 만들어놓은 협조 확인서가 들어 있었다.

"꽤나… 꼼꼼하군."

귀족들의 표정이 살짝 일그러졌다. 몇몇 이는 노골적으로 불만을 표출하기도 했다.

협조하겠다는 서신을 쓰는 것과 협조 확인서에 인장을 찍는 것은 엄연히 다른 일이다.

자신이 직접 작성한다면 만약의 경우에 빠져나갈 수 있는 여지를 마련할 수 있다. 협조하겠다는 의지를 에둘러 표현해 변명거리로 사용하는 것이다.

반면 상대가 만든 내용문은 그러기가 불가능했다. 오히려 빠져나가지 못하도록 문서로서 못을 박는 경우가 대부분이었다.

귀족들은 스탈란 남작이 자신들을 옭아매려 한다고 생각했다.

하지만 정작 스탈란 남작이 작성한 서신은 예상과 너무나
달랐다.

　당분간은 지금까지의 생활을 유지해 주십시오.
　단, 때가 되었다고 판단이 되면 정치적, 군사적 중립을 지켜
주십시오.

"이게 전부인가?"
"그렇습니다."
"흐음."
서신의 내용은 너무나 간단했다. 혹여 다른 서신이 있진 않
을까 의심이 들 정도였다.
게다가 말미에는 귀족들의 피해를 최소화하기 위한 문구까
지 삽입되어 있었다.

　만에 하나 지금의 세상이 유지된다면 본 문서는 자동 폐기
될 것입니다.

"자동 폐기라……."
그 말이 진짜일지, 거짓일지는 두고봐야겠지만 적어도 마음
한구석이 가벼워진 기분이었다.
"고작 이 정도라면 인장을 찍겠네."

서신을 받은 30명의 귀족들 중 23명이 문서에 도장을 찍었다.

나머지 7명은 서신 개봉을 거절하거나 생각할 시간을 달라고 요청했다.

물론 그들에게 재차 기회가 주어지진 않았다. 단리명이 허락한 기회는 한 번뿐이니까.

"훌륭한 선택에 감사드립니다."

"훌륭한 선택인지는 좀 더 두고봐야겠지. 그건 그렇고……."

"아, 자작님과 자작님의 가족들을 보호해 줄 방법을 지금부터 보여드리겠습니다."

"지금… 말인가?"

"그렇게 두리번거리실 필요는 없습니다. 따로 조력자가 있는 건 아니니까요."

"그렇다면… 자네가 우릴 보호하겠다는 것인가?"

"정확하게 말하자면 이 녀석들이죠."

사내가 품속에서 여덟 개의 돌멩이를 꺼냈다. 대단할 것도 없는 평범한 하급 마나석이었다.

"지금… 나와 장난치자는 것인가?"

귀족들은 황당함을 감추지 못했다. 자신을 지켜준다는 게 고작 마나석이라니. 마치 전문적인 사기라도 당한 기분이었다.

"그렇게 흥분하지만 마시고 잠시 기다려 주십시오."

반면 사내들은 여유가 넘쳤다.

솔직히 귀족들이 흥분하는 것도 무리는 아니었다.

자신들 역시 처음에 훈련을 받을 때는 비슷한 반응을 보였으니까.

"자, 이제부터 시작입니다."

여덟 개의 마나석을 정해진 위치에 내려놓으며 사내가 히죽 웃었다.

잠시 후.

우우우웅!

묘한 소리와 함께 주변이 달라지기 시작했다.

2

"30명 중 23명이라."

보고를 받아든 스탈란 남작이 묵묵히 고개를 끄덕였다.

그들에다 기존의 귀족들을 더한다면 31명. 개혁 후 영지의 수가 상당 부분 줄어든다는 것을 감안했을 때 전체의 절반 정도는 기존의 귀족들로 채울 수 있을 것 같았다.

"리먼 공작님의 선택이 중요하겠지만 이 정도면 나쁘지 않겠어."

머잖아 4대 공작들은 휘하 세력들의 단결을 통해 독자적인 길을 가려 할 터.

그때 지지기반 중 절반 가까이가 흔들린다면 과연 어떤 표정을 지을까.

스탈란 남작의 입가로 비릿한 웃음이 번졌다.

3

닷새 뒤.

"레베카를 왕국의 제1왕녀로 인정함은 물론 하밀 왕국, 나아가 하르페 왕조의 전통에 따라 첫 번째 왕위 계승권을 부여하노라."

귀족들의 반발과는 상관없이 대전에서는 왕녀 인증식이 거행되었다.

기실 왕자나 왕녀 인증식은 적통의 대가 끊겨 방계가 왕위를 이을 때를 대비해 마련한 것.

하밀 국왕이 왕위에 오르고 그의 세 아들을 왕자로 책봉된 탓에 그리 낯선 행사는 아니었다.

중요한 건 하밀 왕국에서는 금기나 마찬가지인 하르페 왕조를 거론하며 왕위 계승권을 인정했다는 점.

과거 하르페 왕실의 법도상 왕위 계승권은 하르페의 핏줄에 가까울수록 높아진다.

다시 말해 드래곤의 피를 가장 진하게 물려받은 자가 왕위에 오를 우선권을 갖게 되는 것이다.

물론 피가 진하다고 해서 무조건 왕위에 오르는 것은 아니다. 때에 따라선 능력이 우선시되기도 했으며 가끔은 덕이 기준이 되기도 했다.

전통에 따라 레베카에게 왕위 계승권이 주어지는 건 문제될 게 없었다. 게다가 그 순위가 첫 번째인 것도 마찬가지.

"애석하게도 내겐 살아 있는 자식들이 없구나. 그러니 내 딸이 되어주지 않겠느냐?"

하밀 국왕은 레베카를 양녀로 받아들이며 그 모든 불안 요소들을 없애 버렸다.

"물론입니다, 폐하."

레베카는 기꺼운 마음으로 하밀 국왕의 청을 받아들였다.

이어 하밀 국왕은 단리명에게도 작위를 내렸다.

"내가 부덕하여 영광스런 작위식을 마련해 주지 못해 미안하오."

애당초 논의된 바는 공작위였지만 하밀 국왕은 파격적으로 대공의 작위를 수여했다.

"지금은 이름뿐일 작위일지 모르오. 하지만 그대라면 진정한 작위로 만들어낼 것이라 생각하오."

귀족들에게 인정받지 못한 대공의 자리는 유명무실할 수밖에 없었다.

하지만 리먼 공작이라면!

하밀 국왕이 품은 기대감이 마주 잡은 손을 통해 전해져 왔다.

"가가. 정말 잘됐어요~"

레베카가 활짝 웃으며 좋아했다. 그녀는 왕녀로 인정받은 것보다 단리명이 일국의 대공이 되었다는 사실을 더 기뻐했다.

"대형. 축하드립니다."

"이제야 좀 제대로 돌아가는군요."

하이베크와 로데우스도 웃음을 감추지 못했다. 하지만 정작 단리명만은 별다른 감흥이 없어 보였다.

"감사합니다."

가벼운 답인사만으로 단리명은 작위식의 분위기를 끝내 버렸다.

"대형. 뭐라고 한 말씀 하십시오."

보다 못한 로데우스가 나서 봤지만 단리명의 눈치만 살 뿐이었다.

물론 단리명도 생애 처음으로 작위를 받는 것이었다면 조금은 기분이 색달랐을 것이다.

하지만 이런 일이 처음 있었던 건 아니다. 굳이 밝히진 않았지만 중원에 있을 때에도 명 황실은 물론 변방의 대소국들까지 작위와 너른 땅을 미끼로 혼사를 추진해 왔었다.

몇몇 나라에서는 천마신교에 사람을 보내 강제적으로 작위를 내리기도 했다. 그만큼 중원에서도 단리명의 인기는 하늘을 치솟을 정도였다.

그러니 썰렁하기만 한 작위식에 흥이 날 리가 만무한 일이었다.

4

하르페 왕국의 후예를 자처하는 레베카란 여인이 제1왕녀로 인정됨.

또한 첫 번째 왕위 계승권까지 부여됨.

리먼 공작은 단승 대공의 자리를 받음.

그를 호위하던 하이베크와 로데우스란 사내도 각각 후작의 작위를 내려받았음.

"웃기는군."

왕궁에서 온 서신을 확인한 바르카스 공작이 코웃음을 쳤다.

왕녀의 문제에 대해선 그도 할 말은 없었다.

그녀의 출신 성분을 떠나 드래곤이 인정했다는 하밀 국왕의 고백이 있었으니 더 이상 왈가왈부하고 싶지는 않았다.

문제는 리먼 공작과 그를 따르던 두 사내들이 작위를 받았다는 사실이다.

"대공이라니. 후작이라니. 어이가 없군 그래."

단승 대공은 본디 여왕의 반려들에게 내려지는 작위다. 께름칙한 왕녀가 데려온 이스토르의 사내에게 주어질 작위가 아니었다.

"실력 좀 있다고 설치는 모양인데 어디 얼마나 가나 보자."

바르카스 공작은 빠득 이를 갈았다.

자신이 라이벌로 여기는 발렌시아 공작조차 대공의 자리는 꿈도 꾸지 못했다.

하물며 외지인 따위가 대공이라니.

배알이 꼴리고 속이 쓰릴 정도였다.

그때였다.

"공작님."

방문을 열고 집사가 들어왔다.

"무슨 일이냐?"

"발렌시아 공작께서 사람을 보내셨습니다."

"발렌시아 공작이?"

"네. 아마도 회합이 있을 예정인 모양입니다."

"회합?"

순간 바르카스 공작의 눈빛이 달라졌다.

지금 시점에 회합이 열린다는 건 오래전부터 기다려 왔던 때가 다가왔다는 의미일 터.

"나갈 준비를 해라."

"알겠습니다. 공작님."

바르카스 공작은 즉시 회합 장소로 이동했다. 티마르 공작이 만들어놓은 마법진 덕분에 닷새 만에 발렌시아 공작령에 도착할 수 있었다.

"어서 오시오. 기다리고 있었소."

도착했을 때는 다른 공작들이 모두 자리를 채우고 있는 상황이었다.

"서두른다고 했는데 조금 늦었습니다."

바르카스 공작이 겸연쩍게 웃었다. 그러자 개의치 말라는 듯 발렌시아 공작이 손사래를 쳤다.

"그럴 것 없소. 다들 조금 전에 도착했으니까."

순간 바르카스 공작은 왠지 모를 위화감을 느꼈다.

발렌시아 공작은 4대 공작들 중에서도 가장 권위적인 사람이었다.

그는 기본적으로 기다리는 것을 질색하는 성격이다.

다른 때 같았으면 필시 발렌시아 공작의 노골적인 눈빛을 받았을 터.

'뭐지? 이 분위기는?'

자리에 앉으며 바르카스 공작은 티마르 공작을 바라봤다.

발렌시아 공작과 칼리오스 공작이 4대 공작 내에서도 동반자적인 성격이 강한 탓에 자신과 티마르 공작도 한 목소리를 내곤 했다.

하지만 티마르 공작은 아무 일도 없었다는 듯 가볍게 고개를 숙이기만 했다.

'내가 과민한 걸까?'

살짝 미간을 찌푸리던 바르카스 공작은 애써 의심을 풀었다.

어쩌면 거듭되는 마법진 이동에 피곤해졌을 수도 있었다. 어쩌면 왕실 소식으로 인한 울분이 아직까지 남아 있는지도 몰랐다.

"바르카스 공작이 왔으니 회의를 시작하겠소."

분위기를 환기시키듯 발렌시아 공작이 회의를 진행했다.

회의의 주된 안건은 왕실의 독단적인 행보에 대한 대처 방법.

몇몇 대안들이 나오긴 했지만 4대 공작들의 마음은 회의 전부터 굳어져 있었다.

4대 공작가와 왕실의 분리 독립.

이어 각자의 길을 가는 것에 대한 상호 간섭 금지.

"어떻소?"

"좋습니다."

"마찬가지입니다."

"저 역시 찬성입니다."

4대 공작은 이견 없이 오랫동안 준비했던 왕국 분할에 합의했다.

5

4대 공작이 독립을 선언했다!

다음 날부터 이 같은 소문이 왕국 곳곳으로 퍼져 나갔다.

"4대 공작이 독립하다니?"

"그게 도대체 무슨 말이야?"

소문을 접한 백성들은 혼란스러움을 금치 못했다.

얼마 전까지만 해도 합심하여 하밀 왕국을 이끌어오던 중심들이 독립하겠다니. 떨어져 나가겠다니!

그것은 하밀 왕국의 종말을 의미하는 것과 다를 바 없었다.

"하밀 왕국은 끝났어."

"망했어. 망했다고!"

상심한 백성들은 한탄을 금치 못했다.

4대 공작 없는 하밀 왕국은 없었다. 4대 공작가와 그들을 지지하는 세력들이 떨어져 나가는 이상 하밀 왕국은 더 이상 버틸 수 없을 것처럼 보였다.

하지만 단리명의 생각은 달랐다.

"4대 공작들이 독립을 선언했다고?"

오히려 재미난 일이라도 벌어진 것처럼 입가를 비틀어 올렸

왕국의 분열 ✦ 155

다.

"4대 공작들이 비밀리에 회합을 가졌다는 정보가 입수되었습니다. 아마도 그 회의를 통해 독자적인 길을 가기로 결론을 내렸나봅니다."

스탈란 남작이 사무적인 목소리로 말했다. 그 역시 단리명처럼 크게 놀란 것 같진 않았다.

"일단 소문부터 내고 민심을 흔들어보겠다는 것이로군."

"벌써부터 왕실에 대한 백성들의 원망이 들끓고 있다고 합니다."

"왕실이 백성들에게 시달리는 사이 독립의 시간을 벌려 하겠지."

"그렇습니다. 저들에게 있어 가장 필요한 건 아마도 시간일 테니까요."

단리명이 등장하지 않았더라도 4대 공작가의 독립은 피할 수 없는 현실이었다.

4대 공작들은 하르페 왕국을 무너뜨린 그 순간부터 독자적인 길을 가기로 합의했다. 다만 외부적인 요인과 민심의 혼란을 우려해 하밀 왕국을 내세워 시간을 벌었던 것뿐이다.

그들이 처음 약조한 시간은 20년. 그 시간을 단리명이 2년 가까이 앞당겨 놓았다.

2년이란 시간은 18년의 준비 기간에 비하면 대수롭지 않게 느껴질지도 모른다.

하지만 그 2년이 18년의 노력에 따른 결실의 시간이라면 의미가 다르다. 다시 말해 완벽하게 준비하지 못하고 독립을 서두르게 된 것이다.

그 피해를 최소화하기 위해 4대 공작들은 일단 왕실을 흔들어놓을 계략을 세웠다.

소문을 통해 민심을 공략하고 그들의 분노가 왕실로 향하도록 만든 것이다.

지금까지 그들의 계획은 성공적으로 보였다.

"하밀 국왕의 반응은?"

"펄펄 뛰면서도 백성들의 불만이 왕실로 향한다는 사실에 불안해하고 있습니다."

"아직도 미련이 남은 모양이군."

"아무래도 모양새 좋게 끝내고 싶은 모양입니다."

하밀 국왕이 자신의 왕조는 물론 왕좌까지 포기할 마음을 먹었지만 그렇다고 지금 당장 모든 걸 버릴 생각은 아니었다.

일단 나라를 안정시킨 뒤 양위식을 통해 레베카에게 왕위를 물려줄 생각이었다.

최소한 역사에 4대 공작의 허수아비로 기억되고 싶은 마음은 없었다.

"모양새 좋게 끝낸다라. 나쁘진 않겠지."

단리명이 피식 웃었다.

하밀 국왕의 욕심이 부질없어 보이긴 했지만 무책임한 군왕
보단 나아 보였다.

"다른 귀족들의 반응은 어떻더냐."

"갑작스런 4대 공작의 발표에 다들 당황스러워하고 있습니다."

이번 4대 공작의 독립 선언은 최측근 귀족들조차 눈치채지
못할 만큼 빠르게 진행되었다.

혼란을 수습해야 할 최측근조차 사태 파악을 하지 못했으니
어수선한 건 당연할 터.

"시간을 줘선 안 되겠군."

단리명이 눈을 빛냈다.

"옳으신 말씀이십니다."

스탈란 남작이 슬쩍 입가를 들어 올렸다.

단리명의 시선이 벽에 걸린 하밀 왕국 전도를 향해 움직였
다.

하밀 왕국은 국왕 직할령과 72개의 크고 작은 영지로 이루
어져 있었다.

전도 오른쪽 귀퉁이에 영지 분류표가 보였다.

공작령이 넷.

후작령이 다섯.

백작령이 열.

이들 고위 귀족들이 차지하는 영지는 전체의 60%에 달했

다.

이어 19개의 자작령과 34개의 남작령이 각지에 퍼져 있었
다.

하위 귀족들의 수가 고위 귀족들의 두 배가 넘었지만 단리
명은 크게 신경 쓰지 않았다.

특성상 하위 귀족들은 근방의 고위 귀족들을 따르게 마련.

그 점을 노려 스탈란 남작도 하위 귀족들을 집중적으로 포
섭해 놓은 상태였다.

지금 당장은 하위 귀족이 큰 힘을 발휘하지 못한다. 하지만
상황이 격화되면 4대 공작들은 하위 귀족들을 내던지려 할 것
이다.

그때가 오기 전까지 최소한 4대 공작들의 콧대를 꺾어놓아
야 했다.

단리명의 시선이 다시 지도 위로 움직였다. 자세히 보니 중
앙의 왕실 직할령과 메르시오 백작령을 중심으로 한 남부를
제외한 나머지 지역은 다른 색으로 표기되어 있었다.

"흠. 제법이군."

북동쪽의 발렌시아 공작 세력은 연녹색을 띠었다. 4대 공작
들 중 수좌를 차지하고 있다는 걸 증명하듯 그의 세력은 국왕
직할령과 남부 연합을 합친 것만큼이나 커 보였다.

그 왼쪽에는 칼리오스 공작의 세력이 보라색으로 표기되어
있었다.

칼리오스 공작의 세력은 발렌시아 공작의 세력만큼이나 컸다. 게다가 세력 경계선도 상당히 안정적으로 그려졌다.

"칼리오스 공작은 독자적인 나라를 건국하기로 마음먹은 것 같습니다."

불현듯 스탈란 남작이 했던 말이 머릿속을 스쳐 지났다.

'제법 까다롭겠군.'

칼리오스 공작 세력을 바라보던 단리명의 시선이 다시 왼편으로 움직였다. 그곳에는 다홍색이 넓게 펼쳐져 있었다.

"저곳이 티마르 공작의 세력인가?"

"그렇습니다."

"다른 곳들보다 작아 보이는군."

확실히 티마르 공작 세력은 발렌시아 공작이나 칼리오스 공작 세력보다 작아 보였다.

대체적인 크기는 국왕 직할령보다 조금 큰 수준. 그 정도로 다른 공작들과 동등한 관계를 유지하고 있다는 사실이 의아스러웠다.

"확실히 실질적인 세력의 크기는 다른 공작 세력보다 작습니다. 게다가 서부는 산지가 많고 험해 영지 생산력도 뒤떨어지는 게 사실입니다."

"그럼에도 실제 전력은 뒤처지지 않는다는 말이군."

"그렇습니다. 기실 티마르 공작을 따르는 이들은 대부분 마법사 출신입니다. 척박한 서쪽을 택한 것도 원활한 마법 연구를 위해서입니다."

마법사들은 일반적으로 한적한 영지를 원한다. 몬스터들이 출몰하는 산맥이나 마나석 광산을 끼고 있으면 더 좋았다.

영지 생산력 따위는 크게 상관없었다. 부족한 자금은 아티펙트나 포션을 만들어 충당하면 그만.

왕실 보고에 따르면 티마르 공작 세력에서 내는 세금이 비옥한 토지를 차지하고 있는 발렌시아 공작 세력과 엇비슷할 정도였다.

"세력의 크기는 작아 보이지만 왕국 마법사들 중 7할 이상이 집결해 있는 까닭에 공략하기가 쉽지 않을 것 같습니다."

전쟁에 있어서 마법사란 기사보다도 귀찮은 존재들. 만약 티마르 공작 세력이 튼튼한 성을 끼고, 충분한 수의 마법사들을 앞세운다면 상당히 버거운 싸움이 될 게 틀림없었다.

그런 이유로 스탈란 남작은 발렌시아 공작보다 티마르 공작을 공략하는 게 더 어렵다고 여겼다.

하지만 단리명의 생각은 전혀 달랐다.

"흥! 그까짓 마법이 뭐가 무섭다고 엄살이냐?"

"대공 전하. 그까짓 마법이 아닙니다. 티마르 공작은 7레벨의 마법사입니다."

일반적으로 7레벨의 마법사의 능력은 마스터급으로 평가된다. 하지만 전쟁이 터지면 마법사들의 평가는 전체적으로 상향 조절된다.

다름 아닌 대범위 공격 마법 때문이다.

"범위 마법이라."

스탈란 남작으로부터 마법의 위험성을 전해 들은 단리명이 살짝 눈가를 찌푸렸다.

확실히 그가 접한 마법들은 대인 마법에 속했다. 스탈란 남작의 말처럼 커다란 불덩이가 병사들의 머리 위로 떨어진다면 피해가 커질 것이다.

"마법사를 상대하는 요령을 말해보라."

비로소 마법사의 존재 가치를 인식하기 시작한 단리명이 대응책을 물었다.

"일반적으로 전쟁에서 마법사를 상대하는 방법은 크게 세 가지입니다."

스탈란 남작이 침착하게 대답했다.

"세 가지?"

"네. 하나는 마법사들이 마나를 소비할 때까지 시간을 끄는 것입니다."

흔히들 말하는 마나 소모전은 마법사들을 상대하는 데 있어 가장 유용한 전략으로 꼽힌다.

물론 그에 따른 병사들의 피해를 피할 수 없지만 대를 위한 소의 희생이라는 명목하에 크게 문제 삼지 않는 게 일반적이었다.

하지만 그런 생각이 단리명에게 통용될 리 없었다.

"미쳤군."

단리명이 노골적으로 눈살을 찌푸렸다.

승리를 위해 애꿎은 수하들을 버리라니. 병사들을 내던지라니.

그런 치졸한 방법으로 이겨서 뭘 한단 말인가.

"다른 방법을 말하라."

더 들어볼 것도 없다는 듯 단리명의 목소리가 매몰차게 울렸다.

"알겠습니다."

스탈란 남작도 그럴 줄 알았다는 듯 재빨리 말을 이었다.

"마법사들은 기사들에 비해 방어에 취약합니다. 특히 마법을 사용할 때는 거의 무방비 상태에 노출되곤 합니다."

"그래서? 마법사들을 없애란 말이냐."

"예. 마법사가 소수일 경우 미리 암살단을 보내기도 합니다."

"흐음."

"하오나 어느 정도 짐작하셨겠지만 이 방법은 성공률이 낮습니다."

"그렇겠지."

마법사가 물리적 공격에 취약하다는 건 익히 알려진 사실이다.

그 치명적인 단점을 마냥 드러내 놓고 있을 마법사는 세상에 아무도 없었다.

다들 단점을 감추기 위해 노력할 터. 그럴수록 암살 가능성은 낮아질 수밖에 없었다.

"보다 효율적인 방법을 말하라."

단리명이 다그치듯 말했다.

실질적으로 가장 효율적인 방법은 마나 소모전을 유도하는 것이지만 단리명이 질색하는 이상 다시 언급할 수는 없었다.

"세 번째 방법은 간단합니다. 상대 마법사보다 강한 마법사를 내보내는 것입니다."

스탈란 남작이 간단하나 쉽지 않은 방법을 꺼내놓았다.

비단 이것은 마법에 국한되는 게 아니었다. 평지의 기사전에서도 상대보다 강한 기사를 내보내야 승리를 장담할 수 있었다.

하지만 그 방법을 단리명은 의외로 마음에 들어 했다.

"나쁘지 않군."

첫 번째와 두 번째 방법은 정면 승부를 피하는 것이나 마찬가지였다.

승부를 피한다는 건 상대에게 겁을 먹었다는 의미.

단리명이 좋아할 리 없었다.

반면 세 번째 방법은 힘 대 힘의 대결을 의미했다.

양측 모두 마법사를 내세운다면 결국 강한 자가 살아남을 터.

적자생존(適者生存).

단리명이 가장 좋아하는 말이다.

"마법사를 구해보도록."

"알겠습니다. 하지만 시간이 좀 걸릴 것 같습니다."

"상관없다. 그동안 다른 녀석을 먼저 손보면 될 테니까."

티마르 공작 세력에서 멀어진 단리명의 시선이 칼리오스 공작령과 발렌시아 공작령을 지나 오른쪽으로 움직였다. 그곳에는 연푸른색 세력이 넓게 자리잡고 있었다.

"바르카스 공작 쪽인가?"

"그렇습니다. 아마도 대공 전하께서 가장 먼저 상대해야 할 자가 아닐까 싶습니다."

"가장 먼저라. 이유는?"

"바르카스 공작은 성미가 급합니다. 또한 공명심이 강하지요."

바르카스 공작의 성급함은 단리명도 직접 겪어본 경험이 있었다.

압박감을 참지 못하고 무작정 도끼를 들어 올리던 아둔한 사내.

"확실히 그 녀석이 먼저겠군."

단리명이 피식 웃으며 고개를 끄덕였다. 그의 머릿속으로 도끼를 맹렬하게 휘두르는 바르카스 공작의 모습이 그려졌다.

"머잖아 바르카스 공작 쪽에서 왕실에 선전포고를 해올 가능성이 높습니다."

"선전포고?"

"예. 다른 공작의 세력들과는 달리 바르카스 공작은 남부 영지들을 직접적으로 공략할 길이 열려 있습니다. 자신의 입지를 위해서라도 남부의 곡창지대를 손에 넣으려 할 것입니다."

본디 4대 공작들은 오래전부터 남부의 곡창지대를 노려왔다.

남부의 곡창지대는 하밀 왕국에서 국왕 직할령 이상으로 풍요로운 곳. 그곳만 얻을 수 있다면 다른 세력들을 압도할 만한 힘을 얻게 된다.

4대 공작들은 암암리에 서로를 견제해 왔다. 협력이라는 울타리 내에서 상대가 너무 강해지지 않도록 신경을 곤두세웠다.

덕분에 남부의 세력이 메르시오 백작을 중심으로 한데 뭉칠 때까지 이렇다 할 손을 쓰지 못했다.

자신이 움직이면 남들도 움직일 수 있다는 사실이 너무도 부담스러웠던 것이다.

하지만 지금은 사정이 조금 달랐다.

"다른 공작들이 남부 곡창지대로 진출하기 위해서는 필시 국왕 직할령을 거쳐야만 합니다. 반면 바르카스 공작은 경계를 맞대고 있죠."

"저들이 직할령을 넘지 못하는 이유가 나 때문이냐?"

"그렇습니다. 비록 내색하진 않았지만 대공 전하의 능력을 대전에서 직접 보았으니 섣불리 움직이려 하지 않을 것입니다."

단리명이 아직 이렇다 할 능력도, 세력도 보여주지 않았지만 4대 공작이 느끼는 부담감은 컸다.

전쟁에 있어서 군세만큼이나 중요한 건 주요 전력들. 고위 마법사와 마스터급 기사였다.

마법 전력은 모르겠지만 왕실에는 최소 두 명의 마에스트로가 존재한다. 그들과 정면 승부를 할 경우 상당한 피해를 입게 될 터. 그 피해를 감안하면서까지 무리하게 남쪽으로 진군할 이유는 없었다.

"또한 무작정 왕궁으로 군을 모는 건 오해를 살 가능성도 있습니다."

"백성들의 눈치를 본단 말이군."

"자신들의 행위 자체가 정당화되기 위해선 백성들이 하밀 왕실을 원망해야 될 테니까요."

왕실에 대한 응징은 18년 전에 치렀다. 피로 물든 대지를 보며 절망하는 백성들에게 4대 공작은 다시는 같은 일이 벌어지지 않을 것이라고 말했다.

새로운 왕조가 같은 잘못을 반복하면 그때는 하밀 왕국을 떠나겠다고 선언했다. 그 말을 기억하는 백성들이 얼마나 많을지는 모르겠지만 4대 공작들은 하밀 왕국의 최후에 직접적으로 관여하고 싶어 하지 않았다.

그들에게 있어 18년 전 전쟁은 반역이 아니라 정화였다. 상당수의 백성들도 하르페 왕실의 잘못이 부른 화라 여기고 있었다.

건국 때부터 이어진 4대 공작의 특수성 덕분에 가능해진 일이었다. 하지만 채 20년이 지나지 않은 시점에서 같은 일이 반복된다면 4대 공작을 바라보는 시선 자체가 달라질 것이다.

정화가 아니라 반역이었다.
충심이 아니라 욕심의 발로였다.

4대 공작은 역사가 자신들을 악으로 몰고가는 걸 두려워했다. 덕분에 선택의 주사위는 단리명의 손바닥 위로 떨어졌다.

"결국 바르카스 공작은 다른 공작들이 내놓은 미끼나 다름없군."

연푸른색 지형을 살피며 단리명이 나직이 중얼거렸다.

남부 연합을 노리는 바르카스 공작.

바르카스 공작을 통해 시간을 벌려는 공작들.

확실히 기선을 제압하려는 단리명.

바야흐로 전쟁의 시간이 찾아왔다.

Chap.
31

군세를 모으다

1

예상처럼 4대 공작 중 바르카스 공작이 가장 먼저 움직임을
보였다.

"전군을 집합시켜라."

영지로 돌아온 바르카스 공작은 휘하의 귀족들을 소집했다.
그들에게 군을 끌고 올 것을 종용했다.

"크흐흐. 이제부터 시작이군요."

"그 말씀을 기다리고 있었습니다."

바르카스 공작과 죽이 잘 맞는 보르만 후작과 쿠스탄 백작
은 대번에 눈을 빛냈다.

특히 보르만 후작은 지난날의 실수를 만회하려는 듯 평소보
다 의욕적인 모습을 보였다.

하지만 모든 귀족들이 전쟁을 달가워하는 건 아니었다.

"직접적인 움직임은 자제하는 게 좋지 않겠습니까?"

극단적인 바르카스 공작 세력 내에서도 온건 귀족으로 평가받는 이카로트 백작이 걱정 어린 목소리를 냈다.

그를 따라 적잖은 온건 귀족들이 고개를 끄덕였다. 하지만 그들의 주장은 바르카스 공작의 한마디로 묵살되어 버렸다.

"시끄럽다!"

바르카스 공작의 노기 어린 시선이 대번에 이카로트 백작을 억눌렀다.

가끔씩 이카로트 백작의 진심 어린 충언을 귀담아듣긴 했지만 이번엔 아니다.

18년 전부터 준비했던 대업을 이룰 차례였다. 그것을 방해하는 자는 누구도 용서할 수가 없었다.

"이카로트 백작! 선택하라! 날 따르겠느냐, 아니면 이곳에서 죽겠느냐!"

쿵!

바르카스 공작의 커다란 도끼가 석탁 위로 떨어져 내렸다.

겁에 질린 온건 귀족들이 저마다 마른침을 삼켰다. 그 위압적인 분위기 앞에서는 이카로트 백작도 다른 말을 하지 못했다.

"따, 따르겠습니다."

이카로트 백작이 마지못해 고개를 떨어뜨렸다.

"이번 한 번만 용서하겠다. 단, 두 번의 용서는 없을 것이다."

이카로트 백작의 능력을 아끼며 바르카스 공작이 화를 누그러뜨렸다.

세력 내 유일의 반대파가 사라지자 회의는 일방적으로 진행되었다.

바르카스 공작은 일단 주요 군직을 발표했다.

일단 총사령관의 자리에는 자신의 이름을 올렸다.

두 명의 부사령관은 각각 보르만 후작과 쿠스탄 백작이 임명되었다.

"이카로트 백작."

"말씀하십시오."

"후군과 병참을 맡아라."

"알겠습니다."

이카로트 백작은 방위사령관으로 임명되었다.

본디 그를 위해 생각해 두었던 군직은 총전략관이었지만 전쟁에 회의적인 반응 때문에 일부로 후방으로 돌려 버렸다.

대신 그 자리는 젊은 투로 자작이 차지했다.

"이카로트 백작님을 대신할 수 있도록 최선을 다하겠습니다."

투로 자작은 상당히 의외라는 듯 군직을 받아들였다. 하지만 속으로는 이번 기회를 통해 이카로트 백작의 이름 위로 올라서겠다는 야욕으로 불타올랐다.

이어 각군의 기사단장들이 임명되었다.

"감사합니다!"

"열심히 하겠습니다!"

1, 2, 3군의 기사단장이 된 귀족들은 기쁨을 감추지 못했다.

반면 지원의 업무가 주인 4군과 5군 기사단장의 표정은 썩 밝지 않았다.

군직에 이어 바르카스 공작은 곧바로 군 편제를 이루어졌다.

"전 군을 다섯 개로 나눈다. 5군은 후방을 지키고 4군은 예비 및 보급 부대로 삼는다. 1, 2, 3군은 나와 함께 남부 영지를 공략한다."

다소 무식해 보이는 외모와는 달리 바르카스 공작은 전략전술에도 일가견이 있었다.

그는 전력의 20%를 분리해 방어 및 보급을 맡겼다. 나머지 80%의 전력을 셋으로 나눠 세 방향으로 진군할 계획을 세웠다.

"각 영지의 병력은 한 달 이내에 공작 성에 집결해야 할 것이다!"

회의를 마무리 지으며 바르카스 공작이 엄한 목소리로 소리쳤다.

"명심하겠습니다!"

귀족들이 한목소리로 대답했다.

바르카스 공작령이 독립하는 역사적인 순간이다. 이런 때에 늑장은 있을 수 없는 일이었다.

2

"방위사령관이라니요?"

"해도 너무하십니다."

회의가 끝나자 이에론 자작과 스캇 자작이 이카로트 백작에게 다가왔다.

그들은 이카로트 백작과 더불어 온건 세력의 중추로 활동하고 있었다. 덕분에 이번 군제에서 불합리한 배정을 받아야 했다.

이에론 자작의 군직은 5군 기사단장.

스캇 자작은 5군 행정관으로 임명되었다.

전쟁을 치르지 않는다면 모르겠지만 일단 결정되었다면 일선에 나가 싸워야 했다. 후방에서는 그 어떤 공도 세울 수가 없었다.

자신들 모두가 후방에 배치되었다는 건 이번 전쟁에서 배제하겠다는 것이나 마찬가지.

특히나 보급이나 경계는 잘해도 티 나지 않고 조금만 실수해도 불호령이 떨어지는 자리였다. 당연히 불만스러울 수밖에 없었다.

"이카로트 백작님. 이대로 두고만 보실 겁니까?"

이에론 자작이 불만을 터트렸다.

"맞습니다, 백작님. 이번 전쟁이 끝나면 투로 자작은 백작위를 받게 될지도 모릅니다."

스캇 자작도 옆에서 한숨을 내쉬었다.

투로 자작은 오래전부터 이카로트 백작을 못마땅하게 여기고 있었다. 단순히 혈기 어리다 말하기엔 사석에서 지나치게 이카로트 백작의 흉을 보고 다녔다.

"이카로트 백작은 그저 겁에 질린 여우일 뿐입니다. 장담컨대 그는 절대 스탈란 남작의 상대가 될 수 없습니다."

전략가들의 우열을 지칭하는 여우 논쟁에서 투로 자작은 지나치리만치 이카로트 백작을 깎아 내렸다. 반면 왕국의 모든 전략가들이 싫어하는 스탈란 남작을 높게 평가했다.

그 말을 전해 들은 이카로트 백작은 깔깔 웃으며 투로 자작을 칭찬했다. 다소 거칠긴 했지만 스탈란 남작의 능력을 제대로 본다는 게 대견하게 느껴졌다.

하지만 그것은 이카로트 백작의 착각일 뿐이었다.

"흥, 스탈란 남작 따위가 어찌 제 상대가 될 수 있겠습니까?"

다른 자리에서 투로 자작은 스탈란 남작을 깔아뭉개 버렸다.

그저 이카로트 백작을 조롱하기 위해 잠시 스탈란 남작을 이용했던 것뿐이다.

그날 이후 투로 자작과 이카로트 백작을 따르는 이들 사이에서는 감정의 골이 깊게 패여 있었다. 그 와중에 투로 자작이 총전략관의 자리에 앉았으니 말할 수 없는 불안감이 엄습해 왔다.

"지금이라도 늦지 않았습니다. 공작께 사과하시고 제대로 된 군직을 받으십시오."

고심하는 이카로트 백작에게 이에론 자작이 간청하듯 말했다.

이카로트 백작이 굽히고 들어간다면 바르카스 공작도 그를 중용할 게 틀림없었다.

하지만 이카로트 백작은 뜻을 꺾지 않았다.

"바르카스 공작님의 뜻은 알겠지만 시기가 좋지 않네. 솔직히 말해 지금에라도 말리고 싶은 심정이야."

"백작님!"

"어쨌든 그 이야기는 그만하게나. 피곤해서 좀 쉬고 싶군 그래."

자신을 붙드는 시선들을 뒤로 한 채 이카로트 백작은 회의장을 빠져나갔다.

'스탈란 남작. 그의 자신감이 단순한 호기이면 좋으련만.'

불현듯 그의 머릿속으로 스탈란 남작이 보냈던 협조문의 내용이 떠올랐다.

낯선 사내들의 방문을 받은 다른 귀족들에게는 그저 뻔한 문구에 지날지도 모른다.

하지만 적어도 같은 전략가 입장에서 봤을 때 그의 말들 속에는 승리에 대한 확신이 어려 있었다.

미쳤거나 그만큼 확실하거나.

둘 중 하나였다.

어느 쪽인지 알기 위해서는 시간이 필요했다. 하지만 바르카스 공작은 너무나 성급하게도 남부 정벌을 천명했다.

한때는 바르카스 공작을 국왕처럼 섬겨 왔던 신하의 입장에서 더 이상의 반대는 곤욕스러운 일.

"하아."

최소한 그때가 오기 전까지는 바르카스 공작의 건승을 바랄 뿐이었다.

3

"바르카스 공작이 움직이기 시작했습니다."

"자세히 말하라."

"병력을 공작령에 집결시킨다고 합니다. 머잖아 전쟁이 벌어질 게 확실합니다."

전쟁의 조짐이 보이는 게 아니었다.

진짜 전쟁이 시작되려 하고 있었다.

그럼에도 단리명과 스탈란 남작의 표정은 별다를 게 없어 보였다.

"다른 녀석들의 반응은?"

"발렌시아 공작도 은밀히 병력을 모으는 것으로 파악되었 습니다."

"흐음."

"티마르 공작 쪽이야 마법사들이 주축인 만큼 당장 서두르 지는 않을 것입니다. 그보다는 칼리오스 공작의 반응이 예상 밖입니다만……."

"칼리오스 공작?"

"예. 이상하게도 아무런 움직임을 보이지 않고 있습니다."

4대 공작 간 회합이 끝난 직후 바르카스 공작은 물론 발렌 시아 공작과 티마르 공작도 휘하의 귀족들을 불러들였다.

하지만 칼리오스 공작만은 예외였다.

휘하의 귀족들이 면담을 청해옴에도 그는 일언반구 말이 없 었다.

"특별한 점은?"

"이렇다 할 특이점은 찾지 못했습니다. 지금으로썬 칼리오 스 공작에게 다른 꿍꿍이가 있다는 것 정도만 추측할 뿐입니다."

사건 사고나 이상 징후도 없이 소극적인 자세를 유지하고 있다는 건 확실히 다른 생각을 가지고 있다는 의미일 터.

"좀 더 꼼꼼히 살피도록."

"알겠습니다."

칼리오스 공작 쪽은 일단은 좀 더 관찰하는 것으로 마무리 지었다. 그보다는 당장 눈앞에 닥친 일을 처리하는 게 우선이 었다.

"바르카스 공작 쪽의 병력 상황은 어떻느냐?"

단리명이 탁상 위로 시선을 던졌다. 그곳에는 새롭게 준비 된 대형 전도가 넓게 펼쳐져 있었다.

오른쪽으로 바르카스 공작 세력이 푸른색으로 그려졌다.

그 위에는 수십여 개의 푸른 말들이 가지런히 놓여 있었다.

"바르카스 공작 휘하에는 총 열세 명의 정귀족들이 있습니 다."

72명의 귀족들 중 바르카스 공작을 따르는 이들은 총 13명.

후작이 하나, 백작이 둘이며 세 명의 자작과 일곱명의 남작 으로 구성되어 있었다.

"독립된 나라가 아닌 이상 독자적인 병력은 구성할 수 없는 게 일반적입니다. 다만 오래전부터 자립을 염두에 두었다는 걸 감안한다면 비밀리에 병력을 양성했을 것으로 추정합니다."

왕국법상 공작령의 병력은 5만을 넘기지 못한다.

후작령은 공작령의 절반에도 못 미치는 2만이 한계다. 백작령은 그보다 적은 8천 정도를 운영한다.

자작령과 남작령의 최대 병력 보유량은 각기 3천과 2천 남짓.

이에 따라 추산한 바르카스 공작령의 최대 병력은 대략 11만 정도다.

"총 병력 중 실제 전투에 참여할 수 있는 병력은 최대 60%에 불과합니다."

자작령이나 남작령이라면 모르겠지만 백작령 이상의 영지들을 유지하기 위해서는 적잖은 병력들을 남겨둬야만 한다.

스탈란 남작의 계산대로라면 원정 가능 최대 병력은 7만 정도. 그 정도라면 남부 연합의 병력으로 충분히 상대할 수 있다.

문제는 저들이 숨겨놓은 병력을 내놓았을 경우다.

"전하. 남부 연합의 병력이 어느 정도인지 아시는지요?"

스탈란 남작이 뜬금없이 질문을 했다.

"지난 번 메르시오 백작에게 15만 정도라고 들었던 것 같다."

살짝 미간을 일그러뜨리던 단리명이 기억을 더듬어냈다.

"정확하십니다."

스탈란 남작의 입가로 웃음이 번졌다.

"정확하게는 전투 가능 병력이 15만입니다. 그 이상의 병력은 만들 수 없다는 뜻이지요."

4대 공작과의 싸움에서 선공을 꿈 꿀 수는 없는 일이다.

메르시오 백작과 남부 연합은 처음부터 수비로 일관할 생각을 먹었다. 그렇다 보니 굳이 실제 전투 병력을 셈할 이유가 없었다.

그렇다 할지라도 남부 연합이 보유한 병력은 지나치게 많았다.

두 개의 남작령이 떨어져 나가 한 개의 백작령과 두 개의 자작령, 세 개의 남작령으로 구성된 남부 연합의 병력 상한선은 2만까지다. 하지만 실제 병력은 7배를 넘어섰다.

"바르카스 공작이 양성한 병력도 상당할 거란 말이로군."

"그렇습니다. 전하. 그 정확한 수치까지는 알지 못하지만 지난 18년간 바르카스 공작 세력의 생산력을 감안했을 때 최대 3배 정도의 병력을 양성하지 않았을까 생각됩니다."

하르페의 축복이라 전해지는 남부 연합의 경우 비옥한 대지를 통해 엄청난 양의 곡물이 생산되어 왔다. 덕분에 7배에 달하는 병력을 양성할 수 있었지만 그것이 모든 영지에게 가능한 일은 아니었다.

스탈란 남작의 예측에 따르면 바르카스 공작령이 보유한 총병력은 30만 수준.

어느 정도 오차가 있겠지만 최대 35만을 넘지 않을 것이라 여겼다.

"30만이라."

제아무리 단리명이라 할지라도 30만이란 숫자는 쉽지 않게 느껴졌다.

"방어와 보급에 따른 병력을 제한다면 25만 정도의 병력이 남쪽으로 움직이지 않을까 생각됩니다."

스탈란 남작이 후방 편성으로 5만을 줄여놓았지만 부담감은 크게 달라지지 않았다.

그렇다고 숨이 턱 막히거나 머리가 지끈거리지는 않았다. 적들의 수가 많다보니 이쪽도 병력이 필요하겠다는 생각이 드는 정도였다.

"내가 움직일 수 있는 병력은 어느 정도이냐?"

"전략에 따라 달라지겠지만 왕도에서 직접 움직이실 생각이시라면 남부 연합의 병력은 이용하실 수 없습니다."

"그럼 없단 말이냐?"

"없는 건 아니지만 만족스럽지 못하실 것 같습니다."

"만족스럽지 못하다니?"

"그게……."

잠시 한숨을 내쉬던 스탈란 남작이 국왕 직속 병력에 대해 설명했다.

귀족들이 자신의 영지를 지키기 위해 병력을 양성하듯 국왕도 직할령을 효율적으로 다스리기 위해서는 병사들이 필요하다.

소위 국왕 직할군이라 불리는 병력의 최대치는 공작령과 동일한 5만. 실제 규모가 공작령보다 조금 작은 직할령을 관리하기에는 충분한 수였다.

하지만 실제 국왕 직할군의 규모는 2만에 불과했다.

"2만이라……."

"많지 않은 수입니다. 게다가 제대로 훈련을 받지 못해 군기가 엉망입니다."

"오합지졸이란 말이군."

"그 말이 모래 부대를 뜻한다면 정확하게 파악하셨습니다."

다른 나라에서 국왕 직할군은 왕국의 상징처럼 여겨졌다.

하지만 하밀 왕국에서는 일개 영지병보다 못한 취급을 받고 있었다.

2만 병력들 중 제대로 된 병장기를 지닌 자는 손에 꼽을 정도였다. 일부 병사들은 갑옷조차 제대로 갖추지 못했다.

그들에게 있어 엄격한 훈련은 무의미한 일.

쥐꼬리만 한 급료가 아니었다면 지금까지 유지되지도 않았을 것이다.

"녀석들이 용케 놔뒀군."

"국왕 직할군은 하밀 국왕의 재산을 탕진하는 수단으로 이용되어 왔습니다. 게다가 훈련 상태도 엉망이니 특별히 신경 쓰지 않는 분위기였고요."

국왕 직할군은 직할령의 세입을 통해 운영되는 게 일반적이었다.

대체적으로 풍요로운 직할령에서 거둬들이는 세금의 양은 상당했다. 그것들이 전부 하밀 국왕에게 들어갈 경우 다른 꿍 꿍이를 품게 될지도 모르는 일.

그것을 막고자 4대 공작은 직할군 운영에 간섭하지 않았다.

하밀 국왕도 위험에 대비하기 위해 2만의 병력을 지금껏 양성한 것이다.

덕분에 병력이 생기긴 했지만 그것으론 성에 차지 않았다.

"남부는 메르시오 백작에게 맡기고 난 바르카스 공작령을 칠 생각이다."

"전하. 위험하옵니다."

"다른 녀석들을 상대하기 위해선 시간을 아껴야 한다. 그러니 그에 따른 병력을 계산해라."

수많은 전략들 중 단리명이 꺼내든 건 속전속결이었다.

바르카스 공작이 직접 남부 연합을 노린다고 해도 상관없었다.

자신이 이끄는 병력이 바르카스 공작령을 친다면 병력을 되돌릴 수밖에 없을 터.

결국 전쟁터는 바르카스 공작령이 될 터였다.

"만약을 위해서라도 최소 5만의 병력이 필요합니다."

단리명의 설득을 포기한 스탈란 남작이 병력을 가늠했다.

마에스트로가 선봉에 서는 군대는 강하다. 그렇다고 모든 싸움에서 승리할 수는 없었다.

아군의 수가 적고 적군의 수가 많다면 싸움은 불리해 질 수밖에 없다. 불리한 싸움을 여러 차례 겪다 보면 병력은 더욱 줄어들고 말 것이다.

그 점을 예방하기 위해서는 처음부터 충분한 병력을 끌고 가야만 한다.

효율적인 전투를 통해 최소한의 피해를 입는다면 바르카스 공작 성을 공략할 때도 최악의 상황은 면하게 될 터.

스탈란 남작은 그 수치를 5만으로 보았다.

"5만이라."

단리명이 손가락으로 팔걸이를 톡톡 두드렸다.

2만이란 오합지졸까진 손에 넣었다. 문제는 남은 3만을 채우는 일.

2만의 병력으로 연푸른색 영역을 넘기란 확실히 부담스러웠다.

전쟁에서 수가 적다는 건 여러모로 불리하다.

일단 상대할 수 있는 적의 수가 한정되어 버린다. 대승을 거둬야 하는 상황도 치열한 공방전으로 변하기도 한다.

무엇보다 누적된 피해에 따른 후유증이 크다는 단점이 있었다.

10만의 병력에서 1만의 사상자가 난 것과 2만의 병력에서 1만의 사상자가 난 건 의미가 달랐다.

전자는 10%의 출혈이 생긴 것뿐이다.

반면 후자는 무려 50%의 출혈이다. 전쟁 자체가 불가능해진다.

스탈란 남작의 계산이 아니더라도 단리명도 내심 5만 정도의 병력을 생각했었다.

거기에 하이베크와 로데우스, 광휘의 기사단까지 가세한다면 충분히 해볼 만하다고 생각했다.

그러나 운용 가능한 병력이 2만뿐이라면 여러모로 신경 쓸게 많아진다.

"전략을 바꾸실 마음은 없으신지요."

스탈란 남작이 혹시나 하는 마음으로 물었다.

"없다."

단리명이 단호하게 대답했다.

단순한 고집이 아니었다. 속전속결만이 최소한의 피해로 최대의 효과를 낼 수 있었다.

"그렇다면 남부 연합의 병력 중 일부를 돌리도록 하겠습니다."

스탈란 남작이 마지못해 한숨을 내쉬었다.

3만이 줄어들면 남부 연합의 부담이 커지게 될 것이다.

최악의 경우 12만이 두 배가 넘는 병력을 상대하게 될 터.

수적인 우열이 확실해진다면 사기도 그만큼 떨어지고 말 것이다.

그러나 전쟁을 승리하기 위해서는 단리명의 활약이 필수적이었다.

과거 남부 연합의 병력들에게 보여줬던 신기에 가까운 무위! 그것을 온전히 펼칠 수 있을 만한 분위기를 마련하기 위해서라도 최소 5만의 병력을 채울 필요가 있었다.

'리먼 대공 전하께서 바르카스 공작을 압박할 때까지 남부 연합이 버티길 기대하는 수밖에……'

스탈란 남작이 입술을 질근 깨물었다. 하지만 그의 고민은 오래가지 않았다.

다음 날 아침.

"폐하께서 찾으십니다."

궁내 대신의 안내를 받은 단리명은 내전으로 안내되었다.

내전에서는 낯선 청년이 하밀 국왕과 함께 담소를 나누고 있었다.

"바르카스 공작과 전쟁을 시작할 것이라 들었소."

"그렇습니다."

"그렇다면 여기 있는 루이젠 백작과 이야기를 나눠보시오. 아마 적잖은 힘이 될 것이오."

하밀 국왕이 웃으며 사내를 소개했다.

"루이젠이라 합니다."

사내, 루이젠 백작이 정중하게 허리를 굽혔다.

루이젠 백작은 스스로를 3만 왕실 호위군의 수장으로 소개했다. 오랜 시간 동안 핍박받아 왔던 하밀 국왕도 그냥 당하고만 있지는 않았던 것이다.

　마침 3만의 병력이 부족했던 단리명에게는 희소식이 아닐 수 없었다.

　하지만 그 전에 한 가지 해결해야 할 일이 있었다.

　"리먼 대공의 소문은 많이 들었습니다. 저 역시 검의 길을 가는 자. 폐하께 은혜를 갚기 위해서라도 제 손으로 바르카스 공작의 도끼를 꺾고 싶습니다."

　10년이 넘도록 호위군을 훈련시켜 온 루이젠 백작은 지휘권을 내놓으려 하지 않았다.

　"내 실력을 확인하고 싶단 말이냐?"

　단리명이 피식 웃음을 흘렸다.

　"마에스트로와의 대련이라면 사양하지 않겠습니다."

　루이젠 백작의 눈이 반짝 빛났다.

Chap.
32

폭풍 전야

1

"루이젠 백작. 꼭 이래야 하겠소?"

하밀 국왕이 걱정스런 목소리로 만류했다.

"하하, 폐하. 염려하지 마십시오. 신도 그동안 놀지만은 않았습니다."

루이젠 백작이 걱정할 것 없다는 듯 주절거렸다.

대결을 위해 단리명과 루이젠 백작은 후원의 연무장으로 자리를 옮겼다.

"먼저 시작하라."

단리명은 선수를 양보했다. 호승심에 불타는 상대에게 굳이 먼저 검을 쓰고 싶지 않았다.

반면 루이젠 백작은 당장에라도 단리명을 베고 싶은 충동에 휩싸였다.

'과연 소문처럼 마에스트로일까. 아니면 단순한 거짓말일까.'

어느 쪽이든 상관없었다.

전자라면 한 수 배울 수 있는 좋은 기회가 될 것이다.

반면 후자라면 자신의 실력을 입증해 하밀 국왕의 인정을 받을 수 있게 된다.

루이젠 백작은 내심 후자이길 바랐다. 상대가 자신의 실력보다 조금 못 미치는 수준이길 바랐다.

물론 대전에서 발렌시아 공작을 압도했다는 이야기를 듣긴 했지만 큰 감흥은 없었다.

필시 모종의 함정을 파놓았을 터. 어쩌면 하밀 국왕과 한통속일지도 몰랐다.

어찌 됐든 루이젠 백작은 지난 10년간의 보상을 확실하게 받고 싶은 생각이 간절했다.

그러기 위해서는 자신이 직접 군을 이끌고 나가 싸울 필요가 있었다.

"갑니다!"

검을 뽑아 들기가 무섭게 루이젠 백작이 마나를 끌어 올렸다.

후르르릉!

은백색 검을 타고 뿌연 마나가 타올랐다.

오러 블레이드.

마스터 중급에 들어선 그의 검날이 매섭게 허공을 가로질렀다.

채 서른이 되지 않은 나이에 마스터의 경지에 올라 있다는 건 상당한 재능을 의미한다. 또한 엄청난 노력을 반증한다.

하지만 노력과 재능이 있다고 해서 모든 벽을 뛰어넘을 수 있는 건 아니다.

특히나 단리명이라는 벽은 더욱 그러했다.

"어설프군."

자신의 코앞으로 치고 들어오는 검날을 보며 단리명이 냉소를 흘렸다.

순간 그의 온몸을 타고 천마지존강기가 흘러나왔다. 녀석들이 빠르게 벽을 만들어 날아오는 검날을 막아냈다.

파각!

난데없이 허공에서 검이 튕겨 나가자 루이젠 백작의 표정이 달라졌다.

'서, 설마 전설의 마나 월……!'

마나 쇼크를 자유자재로 다룰 수 있는 자들만이 구현 가능하다는 마나의 벽.

그것이 눈앞에서 펼쳐지자 치솟던 자신감이 빠르게 사그라졌다.

"저, 정말 마에스트로셨군요."

루이젠 백작의 입에서 뒤늦게 탄복의 목소리가 흘러나왔다.

그 속에는 말할 수 없는 존경과 경외가 담겨 있었다. 하지만 이제 와서 그러기엔 좀 늦은 감이 없지 않았다.

"검을 들어라."

"예?"

"아직 대련은 끝나지 않았을 텐데."

루이젠 백작이 체념하듯 검을 늘어뜨리자 단리명이 날카롭게 소리쳤다.

'아, 이번 기회에 가르침을 주시려는 거구나.'

혼자만의 착각에 빠진 루이젠 백작의 얼굴이 밝아졌다.

상대는 젊지만 강한 마에스트로. 그가 자신을 높게 평가한 게 틀림없었다.

하지만 그 착각이 깨지기까지 걸린 시간은 그리 오래지 않았다.

"공격이 끝났다면 이제 내 수라마도를 받아보아라."

루이젠 백작이 쉽게 공격하지 못하자 단리명이 수라마도를 뽑아 들었다.

후르르릉!

오랜만에 세상 구경을 한 수라마도가 요란한 울음을 터트렸다.

루이젠 백작은 그 모습을 넋 놓고 지켜보았다.

검을 통해 소리를 내는 소드 피어야 오러를 사용하게 되면 누구나 할 수 있는 것이다.

하지만 이렇다 할 마나 주입 없이 검을 울게 하는 건 아무나 할 수 있는 게 아니었다.

그만큼 명검이거나 오랜 시간 동안 손발을 맞춰 왔다는 의미일 터.

'과연 마에스트로는 무엇 하나 평범한 게 없구나.'

루이젠 백작의 얼굴로 놀람이 번졌다. 그와 동시에 시커먼 무언가가 매섭게 날아들었다.

"헉!"

뒤늦게 사태를 파악한 루이젠 백작이 빠르게 검을 쳐올렸다.

까가가각!

요란한 소리와 함께 수라마도의 섬뜩한 칼날이 검에 달라붙었다.

루이젠 백작은 마른침을 꿀꺽 삼켰다. 마에스트로와의 대련은 처음이었지만 지금의 가르침은 지나치게 거친 감이 있었다.

하지만 단리명은 루이젠 백작을 가르칠 마음이 없었다.

처음 그가 루이젠 백작에게 제안받은 건 서로의 실력을 확인하자는 것.

이를테면 대련이다.

단리명의 성격상 둘 중 하나가 완벽하게 무너질 때까지 대련은 끝나지 않을 터.

"쯧쯧. 미쳤군."

뒤늦게 날카로운 충돌음을 듣고 달려온 하이베크가 혀를 찼다.

"보나마나 겁도 없이 대형에게 덤빈 모양인데… 죽으려고 환장했나 봐."

로데우스도 피식 입가를 말아 올렸다.

인간들의 기준으로 봤을 때 마에스트로의 경지로 분류되는 하이베크와 로데우스는 확실히 여유로웠다. 단리명의 도가 빠르게 움직이기는 했지만 어느 정도 사정을 봐주고 있다는 사실을 알고 있었다.

반면 메르시오 백작은 휘둥그런 눈으로 일방적인 대련을 지켜보았다.

'저자는 누구지? 국왕과 관련된 새로운 마스터일까? 아니면 암살자? 그건 그렇고 대공 전하의 도가 저렇게 잘 보였었나?'

메르시오 백작을 상대할 때 단리명은 절대 사정을 봐 주지 않았다.

공력을 낮추는 한이 있더라도 언제나 인정사정없이 몰아붙였다. 덕분에 메르시오 백작은 단리명의 도를 다섯 번 이상 받아본 적이 없었다.

하지만 눈앞의 사내는 달랐다. 위태위태하면서도 수십 차례 단리명의 도를 받아 넘기고 있었다.

메르시오 백작의 눈동자가 혼란스럽게 흔들렸다. 그러자 한 발 늦게 도착한 스탈란 남작이 걱정할 것 없다는 듯 말했다.

"백작님. 혹여 루이젠 백작가를 기억하십니까?"

"루이젠 백작가?"

"예, 과거 하르페 왕조 때 수도방위군을 이끌었던 가문입니다."

"아! 그렇다면!"

"그렇습니다. 저자가 바로 장렬히 전사했던 루이젠 백작의 장자. 이제는 새로이 루이젠 백작으로 불리게 될 자입니다."

스탈란 남작의 설명 덕분에 정체불명의 사내에 대한 의구심이 사라졌다.

하지만 혼란스러움은 여전했다. 솔직히 말해 단리명과 저렇듯 대련을 이어갈 수 있다는 사실 자체가 부럽고 미웠다.

그런 메르시오 백작의 속내를 느꼈던지 스탈란 남작이 슬쩍 입가를 비틀어 올렸다.

"대공 전하께서 이끄실 군의 병력이 부족하단 사실은 알고 계시지요."

"그렇지. 그것 때문에 남부의 병력 일부를 움직일 계획을 세우지 않았는가."

"그럴 필요가 없을 것 같습니다."

"그럴 필요가 없다니? 그, 그렇다면……?"

"예. 루이젠 백작이 비밀리에 양성한 병력이 있나 봅니다.

그 병력과 합쳐진다면 아마 대공 전하의 군대는 얼추 완성되지 않을까 싶습니다."

스탈란 남작의 시선이 쩔쩔 매는 루이젠 백작에게 향했다.

루이젠 백작은 아직도 상황 파악을 하지 못한 얼굴이었다. 반면 매섭게 몰아치는 단리명의 표정은 딱딱하게 굳어 있었다.

제대로 된 대련을 원했던 단리명의 기대에 부응하지 못하는 게 틀림없었다. 그렇다면 한 동안은 단리명의 마음을 얻지 못할 터.

메르시오 백작이 부러워하는 모습이 오히려 안쓰럽게 느껴졌다.

"부러워하실 거 하나 없습니다. 저 대련을 통해 루이젠 백작이 얻게 되는 건 아무것도 없을 테니까요. 오히려 미움을 사지 않으면 다행이겠지요."

스탈란 남작이 나직이 중얼거렸다. 단리명을 위한 새로운 삶을 살게 됐지만 마음 한구석에는 아직도 메르시오 백작에 대한 애정이 남아 있었다.

"그렇군. 내가 어리석었어."

메르시오 백작이 묵묵히 고개를 끄덕거렸다.

단리명의 가르침은 언제나 강렬하고 불친절했다. 그의 성격상 어쩔 수 없는 노릇이었지만 덕분에 얻는 것도 적지 않았다.

하지만 지금의 대련은 달랐다. 가르침이라기보다는 로이젠 백작이 분노하도록 몰아붙이는 모양새였다.

더 자세히 보니 이렇다 할 마나도 운용하지 않는 것 같았다.

"저 녀석, 3만의 병사들 덕분에 목숨을 건졌군 그래?"

로데우스가 껄껄거리며 웃었다.

그 소리가 컸음일까.

연무장 끝까지 몰린 로이젠 백작의 두 눈이 부릅떠졌다.

'병사들 덕분에 목숨을 건졌다니! 그게 무슨 말인가!'

지금껏 단리명의 시험을 잘 치르고 있다고 생각해 왔던 로이젠 백작이 받은 충격은 컸다.

흔들리는 시선이 단리명의 얼굴로 향했다. 비로소 상대의 차가운 눈빛 속에서 분노가 이글거리고 있다는 사실을 알게 됐다.

'그렇다면 지금까지의 대련은……'

로이젠 백작은 순간 기운이 쭉 빠졌다. 마에스트로의 공격을 필사적으로 막고 있는 자신을 대견하게 생각했는데 그 모든 게 착각일 뿐이었다.

"정신 차려라!"

수라마도를 내지르는 단리명의 입에서 불호령이 떨어졌지만 로이젠 백작의 꺾여 버린 의지를 추스르게 할 수는 없었다.

파앗!

날카로운 칼날이 그대로 로이젠 백작의 가슴을 베었다.

"커억!"

비명과 함께 로이젠 백작이 뒤로 떨어져 나갔다.

"로이젠 백작!"

조마조마한 심정으로 대련을 지켜보던 하밀 국왕의 입에서 비명이 터져 나왔다.

쫙 찢어진 가슴에서는 붉은 핏물이 연신 흘러나오고 있었다.

"내 그래서 말렸건만……."

뒤늦은 후회가 뒷골을 찌릿하게 울렸다.

"이런 멍청한 녀석 같으니!"

털썩 주저앉은 하밀 국왕을 대신해 하이베크가 로이젠 백작에게 다가갔다.

"어떻느냐?"

단리명이 눈가를 찌푸리며 물었다.

솔직히 상처로만 봐서는 도저히 살 수 없을 것 같았다.

살이 찢기고 뼈와 장기들까지 드러났다. 칼날이 조금만 더 깊었다면 즉사를 면키 어려웠을 정도였다.

하지만 하이베크에게는 마법이 있었다.

"어렵겠지만 한 번 해보겠습니다."

하이베크는 재빨리 품속에서 마나석을 꺼냈다. 그와 동시에 치료 마법을 쏟아붓기 시작했다.

후우우웅!

마나석을 타고 번진 차디찬 마나가 찢어진 상처를 얼려 버렸다. 뒤이어 치유의 힘이 온몸을 휘돌며 생명력을 북돋기 시작했다.

창백하던 로이젠 백작의 안색이 점차 돌아오기 시작했다.

이대로 마법을 계속 사용한다면 완치도 충분할 터.

그러나 하이베크는 중간 즈음에 마법을 멈췄다.

밝게 빛나던 마나석이 점차 힘을 잃어갔다.

잠시 후,

"후우. 고비는 넘긴 것 같습니다."

하이베크가 나직한 한숨을 내쉬었다.

"수고했다."

단리명이 살짝 눈가를 찌푸렸다. 고작 저딴 녀석을 구하자고 하이베크가 고생했다는 사실이 마음에 들지 않았다.

"대형. 모두가 메르시오 백작 같지는 않습니다."

하이베크가 창백해진 얼굴로 단리명을 달랬다.

"흐음."

무겁게 한숨을 내쉬던 단리명이 힘겹게 분을 누그러뜨렸다.

불현듯 예전에 하이베크가 했던 말이 떠올랐다.

"이곳은 대형이 사시던 곳과 다릅니다. 사람도 다를 수밖에 없습니다."

확실히 서역은 중원과 달랐다.

아울러 사람들도 달랐다.

이브라엘에 이어 처음 로데우스를 봤을 때 서역엔 사내가 없다고 생각했다.

하지만 하이베크를 만나면서 그 생각이 사뭇 달라졌다.

로데우스와 하이베크를 기준으로 강함을 논하던 때도 있었다.

덕분에 메르시오 백작은 눈에 차지가 않았다.

그러나 마음을 비워서일까. 아니면, 메르시오 백작의 노력의 결과일까.

그토록 못마땅하게만 보였던 메르시오 백작이 저렇게 성장해 있었다.

천마신교의 소교주로 살 때와 지금은 달랐다. 당연히 마음가짐도 달라질 수밖에 없다.

"국왕이 소개해서 기대가 컸나 보군."

씁쓸한 마음을 달래며 단리명이 수라마도를 거둬 들였다.

우우우웅.

수라마도가 애처로운 울음을 흘렸다.

2

로이젠 백작은 정확하게 사흘 만에 자리를 털고 일어났다.

"감사하오. 덕분에 살았소."

패배의 충격이 컸을 텐데도 로이젠 백작은 조금도 위축되지 않았다. 오히려 패배를 밑거름 삼아 기필코 성장하겠다는 오기가 강했다.

문제는 그 오기가 지나쳐 많은 이들의 심기를 불편하게 만들었다는 것이다.

"아직도 자신만만하군."

"하하. 대륙 최고의 검사인 리먼 대공 전하의 검을 받은 몸이 아니오?"

"흥! 대형의 눈 밖에 난 주제에 입만 살았군."

"뭐, 뭐요! 말이 심하지 않소!"

"너야말로 생명의 은인을 대하는 태도가 건방지다고 생각하지 않나."

"너, 너라니! 아무리 후작위에 있다지만 어찌 사람을 이리 무시할 수 있단 말이오!"

발끈한 로이젠 백작은 다시 검을 뽑아 들었다. 아직까지 상처 부위가 당겼지만 검을 휘두르는 것 자체는 문제가 없을 것 같았다.

하지만 그 오만이 부른 결과는 너무나 참담했다.

"건방진 놈!"

하이베크가 기다렸다는 듯이 검을 뽑아 들었다.

후아아앗!

라보라를 타고 번진 차디찬 냉기가 공간을 얼려놓았다. 이어 로이젠 백작을 얼리고 시건방진 심장까지 얼려놓았다.

"컥!"

순식간에 하이베크에게 제압당한 로이젠 백작은 그대로 고꾸라질 수밖에 없었다.

"대형에게 다친 걸 고맙게 여겨라."

혼절한 로이젠 백작을 내려다보며 하이베크가 싸늘한 조소를 남겼다.

단리명이 남긴 상처가 아니었다면 터지든 말든 신경 쓰지 않았을 것이다.

"크윽!"

꼬박 하루를 혼절했다가 일어난 로이젠 백작은 하이베크를 볼 때마다 경기를 일으켰다. 한동안은 하이베크를 만나는 것 자체를 기피했다.

그렇다고 없던 조심성이 생기지는 않았다.

"리먼 대공과 하이베크 후작을 제외하면 내 적수는 없다."

혼자 자화자찬하듯 왕궁의 하녀들에게 떠들어 대던 로이젠 백작은 다음 날 로데우스의 부름을 받았다.

"무슨 일이십니까?"

"무슨 일? 허! 일단 맞고 시작하자."

로데우스는 두 주먹으로 로이젠 백작의 오만함을 따끔하게 혼내주었다.

"제길! 후작이라 참는다!"

하이베크에 이어 로데우스에게까지 일방적으로 밀리자 로

이젠 백작은 분함을 참지 못했다.

그는 다짜고짜 메르시오 백작을 찾았다.

"무슨 일이오?"

"여러 말할 것 없이 나와 한 번 겨뤄봅시다."

무너진 자존심을 회복하려는 듯 메르시오 백작에게 당당히 도전장을 내밀었다.

그가 알기로 메르시오 백작의 실력은 마스터 중급.

노력 끝에 상급을 바라보게 된 자신의 실력으로 충분히 제압이 가능할 것이라 여겼다.

하지만 결과는 충격적인 패배.

"좀 더 검술에 매진하셔야겠소이다."

이렇다 할 반격조차 하지 못하고 메르시오 백작의 매서운 검 앞에 무릎을 꿇고 말았다.

"이건 말도 안 돼!"

로이젠 백작은 억울했다.

가문의 비전 검법을 익히며 오랫동안 절치부심해 왔던 결과가 고작 이거였다니.

하밀 국왕의 부름을 받고 한달음에 달려왔던 자신이 부끄러워질 정도였다.

"혼자 있고 싶소."

생각할 시간이 필요했다. 어디서부터 잘못됐는지를 찾을 필요가 있었다.

하지만 단리명은 그런 시간조차 허락하지 않았다.

"흥! 고작 그깟 실력으로 어찌 가문의 복수를 하겠단 말이냐!"

로이젠 백작의 과거사를 전해 들은 단리명은 한 번 더 기회를 주기로 했다.

그날 이후 로이젠 백작은 끝없는 대련과의 시간을 가져야 했다.

혼자 자괴감에 빠질 틈조차 없었다. 단리명은 물론 하이베크와 로데우스, 메르시오 백작이 달라붙어 검을 휘두르니 정신을 바짝 차릴 수밖에 없었다.

그 과정에서 잃어버렸던 자신감이 서서히 회복되었다.

자만을 버리고 단조로운 검술의 단점을 깨우치면서 그의 검은 점점 날카로워져 갔다.

"대공 전하께서 백작님을 눈여겨보고 계십니다."

스탈란 남작도 은연중에 로이젠 백작을 응원했다.

기실 그의 명령만을 듣는 3만의 왕실 호위군을 움직이기 위한 어쩔 수 없는 선택이었지만 스탈란 남작은 이번 기회를 통해 로이젠 백작을 단리명의 사람으로 만들려 했다.

"그렇게 깊은 뜻이!"

로이젠 백작은 비로소 단리명의 속내(?)를 알게 됐다며 감격의 눈물까지 보였다.

내년이면 서른을 바라보는 나이였지만 10년간 세상과 담을 쌓은 덕분에 마음만큼은 아직도 10대로 사는 모양이었다.

어찌됐든 그날 이후 로이젠 백작은 단리명의 충성스러운 수하로 거듭났다. 가끔은 그 충성심이 너무 지나쳐 단리명을 곤욕스럽게 만들 정도였다.

"저 녀석, 왜 저래?"

"글쎄. 뭘 잘못 먹었나?"

단리명만 졸래졸래 따라다니는 로이젠 백작을 보며 하이베크와 로데우스가 고개를 흔들었다.

"흠. 나도 분발해야겠군."

메르시오 백작은 왠지 모를 불안감에 시달릴 정도였다.

"네 녀석 짓이냐."

로이젠 백작의 추종이 도를 넘어서자 단리명이 스탈란 남작을 노려보았다.

다른 건 그냥 무시할 수 있지만 자신의 관심을 받겠다고 레베카의 주변을 얼쩡거리는 것은 도저히 참아줄 수가 없었다.

"대공 전하. 로이젠 백작은 보기보다 쓸모가 많은 자이옵니다."

"허, 쓸모가 많다?"

"그렇사옵니다. 기실 그는 메르시오 백작보다 일찍 마스터의 경지에 들어섰습니다. 아울러 메르시오 백작보다 일찍 대공 전하를 만났습니다."

"그래서?"

"그는 대륙에 있는 모든 마스터들을 통틀어 가장 장래가 촉망되는 기사입니다. 물론 메르시오 백작께서도 머잖아 마에스트로의 경지에 오르게 되겠지만 한계에 봉착하실 수밖에 없습니다. 반면 로이젠 백작은 아직 젊습니다."

메르시오 백작의 나이는 올해로 58세. 반면 로이젠 백작은 그의 절반인 29년 만을 살았다.

기사로서의 가능성만큼은 확실히 로이젠 백작 쪽이 빨랐다. 더욱이 젊음을 무기로 단리명의 든든한 말이 되어 줄 수 있었다.

물론 그것은 최소한 수년이 지났을 때의 일이다. 마에스트로를 앞둔 메르시오 백작이 겨우 눈에 차기 시작한 단리명에게 로이젠 백작은 여전히 꼴사나울 수밖에 없었다.

"흥! 그런 쓸모 없는 녀석을 어디에 쓴단 말이냐!"

단리명이 보란 듯이 코웃음을 쳤다. 그러자 스탈란 남작이 웃으며 말을 이어 나갔다.

"로이젠 백작은 실력 만큼이나 하르페 왕실의 부활에 도움이 됩니다. 그의 가문은 하르페 왕국에서도 알아주던 명문가였습니다. 백작가 중 유일하게 4대 공작과 어깨를 나란히 했을 정도였죠."

"흐음."

"그가 대공 전하와 레베카 왕녀님께 충성을 다한다면 하르페 왕조를 기억하는 충신들도 제발로 두 분 앞에 나타날 것입니다."

알려지진 않았지만 아직도 왕국 곳곳에는 코르페즈나 로이젠 백작과 같은 하르페 왕국의 충신들이 남아 있었다.

그들이 합류할 경우 하르페 왕국의 부활에 큰 도움이 될 터.

"귀찮군."

단리명이 마지못해 로이젠 백작의 필요성을 받아들였다.

"오직 대공 전하만이 하실 수 있는 일입니다."

스탈란 남작이 웃으며 고개를 숙였다.

3

단리명이 로이젠 백작에게 시달리는 사이 로데우스와 하이베크는 5만의 병력을 조련하기 시작했다.

그들은 2만의 국왕 직할군과 3만의 왕실 호위군을 섞은 뒤 다시 둘로 나누어 경쟁적으로 훈련을 시켜 나갔다.

처음에는 양측의 불만이 심했다.

"국왕 직할군과 함께하라니!"

"말이 되는 소리입니까?"

오랫동안 음지에서 훈련해 온 왕실 호위군의 자존심은 남달랐다.

그들은 직접 로이젠 백작까지 찾아가 훈련의 개선을 요구하기까지 했다. 만일 로이젠 백작이 단리명을 쫓아다니느라 바

쓰지 않았다면 훈련에 차질이 생겼을지도 몰랐다.

국왕 직할군도 나름의 고충을 토로했다.

"저희는 오랫동안 제대로 된 지원을 받지 못했습니다."

"맞습니다. 그 점을 고려해 주십시오."

제대로 된 갑옷조차 차려 입지 못한 국왕 직할군에게 왕실 호위군은 상대적 박탈감의 대상일 뿐이었다.

적을 앞두고 뜻을 모아야 함에도 양측은 사사건건 충돌했다.

"굳이 한 군으로 편성할 필요가 있겠습니까?"

오죽했으면 하이베크조차 양 군의 독립 편성을 주장할 정도였다.

하지만 단리명의 의지는 명확했다.

"더 이상 국왕 직할군과 왕실 호위군은 없다."

자신들의 적은 바르카스 공작 뿐만이 아니었다. 3명의 공작들이 더 남아 있으며 주변 국들과도 언제 충돌할지 알 수가 없었다.

그런 때에 주축이 되어야 할 병력이 반목한다는 건 말이 되지 않았다.

"방법을 일러주십시오."

하이베크가 어려움을 토로했다.

"절반씩 섞어라."

단리명이 천마신교에서 자주 사용하던 방법을 일러주었다.

천마신교에서는 새로운 무력부대를 만들 때 꼭 엇비슷한 성격의 무력부대와 섞는 방법을 택했다. 그것이 무력부대 간의 평준화는 물론 빠른 실력 향상을 위해 좋았다.

너무 강한 경쟁 상대는 동경의 대상이 될 뿐이다. 하지만 해볼 만하다 생각되면 이기고자 하는 마음이 강하게 치민다.

"알겠습니다."

하이베크는 단리명의 지시에 따라 군을 섞은 뒤 둘로 나누었다.

그들에게서 국왕 직할군과 왕실 호위군의 이름을 빼앗았다. 대신 좌군과 우군으로 나누어 서로 경쟁하도록 했다.

처음에는 제대로 융화되지 못하던 병사들도 경쟁이 계속되자 차츰 손발을 맞추기 시작했다.

"힘을 내!"

"저 녀석들에게 또 질 셈이야!"

실력이 떨어지는 국왕 직할군을 왕실 호위군들이 끌어 안기 시작했다.

"이건 어떻게 하는 거유?"

"나도 좀 알려주시오."

국왕 직할군도 자격지심을 버리고 왕실 호위군을 배우려 노력했다.

각기 독립적으로 훈련시켰다면 한참이 걸렸을 실력의 평준화가 빠르게 이루어지기 시작했다.

"재밌군. 국왕 직할군 녀석들의 실력이 빠르게 늘기 시작했어."

"그래. 덕분에 왕실 호위군도 초심으로 돌아가는 것 같아."

기대 이상의 성과를 보며 하이베크와 로데우스가 마주 보며 고개를 끄덕거렸다.

물론 아직까지는 잘 훈련된 4대 공작의 병력을 상대할 실력이라 보기 어려웠다. 하지만 이들을 잘만 훈련시킨다면 하르페 왕국을 대표하는 군으로 성장시킬 수 있을 것 같았다.

"그건 그렇고 마법사가 필요하지 않을까?"

"티마르 공작 때문에?"

"그 녀석도 그렇고, 칼리오스 공작의 정령술을 상대하기 위해서라도 마법사가 필요하지 않을까 해서."

"하긴, 우리보다는 마법사로 분한 녀석이 정령을 부리는 편이 낫긴 하겠지."

군의 훈련도 중요했지만 다음 목표로 정한 티마르 공작을 상대하기 위해서는 마법사의 존재가 필요했다.

인간 마법사들을 포섭하기란 쉽지 않은 일. 그들 중 티마르 공작을 상대할 수 있는 녀석은 손에 꼽을 정도인 만큼 일족의 힘을 빌리는 편이 나았다.

"샤이니아는 어떨까?"

하이베크가 실버 일족의 여성체 드래곤을 언급했다. 그러자 로데우스가 잔뜩 이맛살을 찌푸렸다.

"그 녀석은 안 돼. 우릴 우습게 알잖아."

"그게 무슨 상관이야? 반고룡들 중 그녀만큼 마법 실력이 뛰어난 녀석은 없을 텐데?"

"하지만 그 녀석, 날 무척이나 싫어한다고."

"그거야 네가 그녀의 감정을 노골적으로 무시했으니까 그렇지."

본디 다혈질의 레드 일족과 차분한 실버 일족은 상성이 맞지 않는다. 게다가 감정적인 문제까지 섞였으니 로데우스가 껄끄럽게 여기는 것도 당연했다.

하지만 실력만으로 봤을 때 샤이니아보다 나은 대안을 찾긴 어려웠다.

마법의 조종이라 불리는 드래곤인 이상 마법 실력이야 말할 필요조차 없었다. 게다가 그녀는 4대 정령 모두와 계약한 몇 안 되는 일족 중 하나였다.

"샤이니아라면 레베카도 심심하진 않을 거야."

"후우. 그렇게까지 말한다면 어쩔 수 없지. 단 마지막 하나는 내 선택을 따라줬으면 좋겠어."

드래곤의 율법상 한 지역에서 유희를 할 수 있는 드래곤은 다섯을 넘길 수가 없다.

이번 유희에서 레베카는 예외로 인정된다. 그녀의 삶은 유희이되 유희가 아닌 것. 그렇다 보니 하나를 더 채울 수가 있었다.

"좋아. 넌 누굴 원하는데?"

"쥬피로스."

"뭐? 그 망나니 녀석을?"

"왜 그래? 그 녀석이나 샤이니아나 거기서 거기 아니야?"

"거기서 거기라니. 제정신으로 하는 말은 아니겠지?"

최소한 이성이라는 걸 가지고 있는 샤이니아와는 달리 쥬피로스는 단순하고 무식한 블루 드래곤이었다. 녀석에게 있어서 대화란 칼부림보다 못한 것이었다.

최소한 블루 일족에서는 아마데우스 만큼이나 악명을 떨치는 게 바로 쥬피로스였다. 그만큼 그는 감당하기가 어려웠다.

"너무 그렇게 정색하지 마. 너도 알겠지만 그 녀석은 창을 기가 막히게 쓴다고. 나서는 체질이 아니라 아르카드나보다 한 수 아래로 여겨지고 있지만 실상은 달라. 아르카드나가 복수하겠다고 이를 갈고 있는 게 바로 쥬피로스라고."

아르카드나는 한때 로데우스, 이브라엘과 함께 반고룡 중 가장 강한 존재로 평가받아 왔다. 그런 아르카드나를 좌절하게 만들 정도라면 실력은 충분할 터.

"후우. 네가 무슨 생각을 가지고 있는지는 알겠지만 그게 말처럼 쉬울지 모르겠다."

하이베크가 마지못해 고개를 끄덕였다.

적어도 샤이니아를 끌어들이는 것보다는 번거로워질 게 틀림없었지만 확실히 전력적으로는 도움을 줄 수 있을 것 같았다.

"일단 녀석들에게 연락을 취하자."

"그래. 하나씩 맡아서 설득하자고."

협의를 끝낸 하이베크와 로데우스가 각기 마나를 흘리기 시작했다.

5만의 병력과 두 명의 절대적인 조력자. 4대 공작과 상대하려는 단리명 측의 준비도 착착 진행되고 있었다.

그렇게 한 달이란 시간이 훌쩍 지났다.

Chap.
33

바르카스 공작령을 향해

1

한 달이라는 시간은 누구에게나 공평하게 주어졌다.

단리명이 군을 조직할 시간을 얻었다면 바르카스 공작은 군을 집결할 시간을 벌었다.

"빨리 빨리 움직여라."

바르카스 공작 휘하의 세력들은 주력 부대를 바르카스 공작령으로 보냈다.

그 수가 자그마치 34만.

스탈란 남작이 예상한 최대치에 근접한 수치였다.

그들 중 7만이 후방 부대로 편성되었다.

보급을 담당하는 4군은 3만.

방위를 담당할 5군은 4만.

나머지 27만은 각기 15만과 7만, 5만으로 나뉘어 1, 2, 3군을 조직했다.

"바야흐로 역사적인 순간이 왔다."

영지 앞에 길게 늘어선 병사들을 내려다보며 바르카스 공작이 일장 연설을 했다.

바르카스 공작은 병사들에게 변화의 필요성과 전쟁의 당위성을 역설했다.

"과연!"

"공작님 말씀이 맞아."

처음에는 시큰둥하던 병사들도 차츰 그의 언변에 빠져들어 갔다.

"자랑스러운 나의 병사들이여! 남부 영지를 향해 진군하라!"

성벽에서 내려온 바르카스 공작은 대군의 선봉에 섰다.

그는 직접 15만 병력을 이끌었다. 그의 뒤로 보르만 후작과 쿠스탄 백작이 각기 2군과 3군의 병사들을 지휘했다.

27만 병력이 남쪽으로 움직인다는 소문은 빠르게 퍼져 나갔다.

"바르카스 공작이 쳐들어온데!"

"그게 정말이야?"

남부 연합의 백성들은 불안함에 몸을 떨었다. 일부는 남쪽의 영지로 야반도주를 감행하기도 했다.

하지만 메르시오 백작은 그 혼란을 빠르게 잠재워 버렸다.

"걱정하지 마라! 우리에게는 마에스트로인 리먼 대공께서 계신다!"

직접 군을 이끌고 북동쪽 경계로 나아간 메르시오 백작은 영지를 지나칠 때마다 백성들을 다독이고 병사들을 독려했다.

기실 전쟁에 있어서 마스터와 마에스트로의 역할은 무척이나 중요했다. 실제 전투에서는 물론 사기 진작에 있어서도 큰 효과를 발휘했다.

"이야기 들었어?"

"무슨 이야기?"

"리먼 대공 전하께서 대전 회의 때 발렌시아 공작을 짓누르셨다는데?"

"아, 그거? 내가 듣기론 발렌시아 공작이 꼬리 내리고 도망쳤다던데?"

"이번에 바르카스 공작을 돕지 않는 것도 리번 대공 전하에게 입은 상처를 살피기 위해서라는 소문도 들었어."

"이야! 그럼 결국 리먼 대공 전하께서 가장 강하신 거잖아?"

바르카스 공작의 진군에 겁을 먹었던 병사들은 언제 그랬냐는 듯 기운을 차렸다.

하밀 왕국, 어쩌면 대륙 전체를 따져도 가장 강한 기사가 자신들과 함께한다는 사실이 이루 형용할 수 없을 만큼 든든하기만 했다.

반면 남부 연합의 수뇌들의 표정은 그다지 밝지 않았다.

"리먼 대공 전하께서 아니 오신다니요!"

"설마 남부 연합을 버리신 것입니까!"

단리명이 올 것이라 막연히 기대하고 있었던 남부 연합의 수뇌들은 날벼락을 맞은 기분이었다.

그것도 모르고 모든 병력을 긁어 전쟁에 참여했으니 메르시오 백작에게 사기를 당한 것 같은 생각마저 들었다.

하지만 메르시오 백작은 걱정할 게 없다는 투였다.

"바르카스 공작의 병력은 쉽게 경계를 넘지 못할 것이오."

"그게 무슨 말씀이십니까?"

"조금만 기다리면 무슨 뜻인지 이해할 수 있을 것이오."

혹시 모를 첩자들에게 전략이 노출될 것을 염려한 메르시오 백작은 단리명이 바르카스 공작령으로 진군했다는 사실을 숨겼다.

그사이 광휘의 기사들과 합류한 단리명은 바르카스 공작령 부근까지 진출한 상황이었다.

"대공 전하. 저희가 앞장서겠습니다."

이번 기회를 통해 자신들의 가치를 인정받으려는 아르넬의 의지는 남달랐다.

비단 그뿐만이 아니었다. 200명의 광휘의 기사들 모두 목숨을 내던질 각오를 했다.

하지만 애석하게도 선봉의 영광은 그의 몫이 아니었다.

"어이, 아르넬. 설마 내 자리를 뺏을 생각은 아니겠지?"

하이베크와의 경쟁에서 어렵게 승리한 로데우스가 입가를 비틀어 올렸다.

"하, 하하하. 제가 어찌 로데우스 님의 자리를 뺏겠습니까."

"그래. 그래야지. 참, 국왕께 직접 후작의 작위를 받았으니까 앞으로는 깍듯하게 후작님이라고 부르라고. 알았어?"

"물론입니다. 로데우스 후작님."

과거 겁도 없이 까불었다가 드래곤들 중에서는 적수가 없다는 로데우스의 주먹 구경을 했던 아르넬이 어색하게 입가를 들어 올렸다.

한편으론 궁금하기도 했다.

'로데우스 님은 주먹만 쓰시던데… 설마 전쟁에서도 그러시려는 건 아니겠지?'

일대일의 대련에서는 개인의 능력에 따라 무기를 사용하지 않을 수도 있었다.

실제 로데우스는 아르넬은 물론 메르시오 백작이나 로이젠 백작을 상대할 때도 주먹을 사용했다.

하지만 죽고 죽이는 전쟁에서 주먹은 뛰어난 살상무기라고 하기 어려웠다.

과연 어떤 무기를 사용할까.

아르넬은 물론 광휘의 기사들 모두 관심 어린 눈으로 로데우스를 지켜보았다.

일반적인 검일 확률이 높았지만 시원시원한 성격상 창을 사용할 가능성도 없지 않았다.

하지만 정작 로데우스가 집어 든 건 시뻘건 날을 번뜩이는 도끼였다.

"도, 도끼라니!"

"설마 바르카스 공작을 따라하시려는 건 아니겠지?"

영문을 모르는 기사들이 수근거렸다. 하지만 로데우스가 바르카스 공작을 따라 할 이유가 없었다.

그렇다는 건 처음부터 도끼를 다뤘다는 의미.

"노대수가 원래 도끼를 썼더냐?"

단리명이 하이베크를 바라봤다.

"예. 솔직히 말씀드려서 도끼를 든 로데우스는 저도 감당하기가 어렵습니다."

하이베크가 어색하게 웃으며 대답했다.

"허, 그 정도더냐?"

단리명의 검은 눈동자로 이채가 번졌다.

그렇지 않아도 맨주먹만을 사용하는 로데우스에게 걸맞는 무기를 찾아줘야겠다고 생각하고 있었다.

하지만 본디 사용하던 무기가 있다면 그럴 필요가 없을 터.

"재밌구나. 언제 한 번 벽력부법(霹靂斧法)과 비교해 봐야겠다."

도끼를 든 로데우스의 모습에 단리명이 흥미를 보였다. 하지만 하이베크는 마냥 좋게만 생각할 수가 없었다.

로데우스가 도끼 대신 주먹을 사용한 건 도끼가 싫어져서가 아니었다. 반대로 도끼를 든 자신이 지나치게 위험했기 때문이다.

로데우스가 소환한 붉은색 도끼의 정체는 마병 살루딘!

파괴의 마신이 사용했다는 전설 속의 무기였다.

그것이 어떤 경로를 통해 로데우스의 손에 쥐어졌는지에 대해서는 억측만 무성할 뿐 제대로 알려진 게 없었다. 다만 확실한 건 지금에 이르러서 로데우스를 주인으로 인정하고 있다는 사실이다.

하지만 그 속에도 숨겨진 비밀이 한 가지 있었다.

'살루딘은 피를 마시는 마병. 살루딘의 마기에 취해 폭주하지 말아야 할 텐데……'

로데우스가 살루딘의 인정을 받긴 했지만 지금껏 완벽하게 다룬 적은 단 한 번도 없었다.

피와 파괴를 갈망하는 살루딘이 마지못해 로데우스를 인정한 것일 뿐이었다. 로데우스가 완벽하게 살루딘을 다루는 건 아니었다.

그 사실을 잘 알고 있기 때문에 하이베크는 불안함을 감추지 못했다. 그러나 정작 로데우스는 살루딘과의 오랜만의 재회가 즐거운 모양이었다.

쿠르르르!

2백 년 가까이 세상 구경을 하지 못했던 살루딘이 사나운 울음을 흘렸다.

예전 같았으면 그 섬뜩한 살기에 질려 겁이 났을 터.

하지만 성장한 탓일까. 지금은 살루딘이 오히려 귀엽게 느껴졌다.

"그만 징징거리고 입 좀 다물어. 오늘은 실컷 피를 보게 해 줄 테니까."

살루딘을 쓰다듬으며 로데우스가 피식 웃음을 흘렸다.

그 말을 알아들었던지 살루딘이 거짓말처럼 잠잠해졌다.

"대형! 다녀오겠습니다!"

선봉의 역할을 맡은 로데우스가 단리명에게 허리를 굽혔다.

그를 따라 선발군으로 차출된 좌군의 병력 1만이 결의에 찬 눈빛을 빛냈다.

지금 그들이 향하는 곳은 바르카스 공작령으로 가는 관문으로 알려진 아츠 자작령이다.

아츠 자작령만 넘으면 곧바로 바르카스 공작령에 진입할 수가 있다.

"자작령의 병력은 1천이 채 안 될 것입니다. 그러니 최대한 빨리 길을 열어주십시오."

총전략관으로 참전한 스탈란 남작이 조언하듯 말했다.

"걱정하지 말라고."

로데우스가 자신에게 맡기라며 가슴을 두드렸다. 덩달아 살루딘이 짙은 울음을 흘렸다.

2

　로데우스가 이끄는 선발군은 이틀 만에 아츠 자작령에 도착
했다.

　"웨, 웬 놈들이냐!"

　정체불명의 대군이 나타나자 영지를 지키는 아츠 자작의 장
남 아르크가 비명을 질렀다.

　아츠 자작이 2천 5백의 병력을 이끌고 원정군에 합류한 탓
에 영지에 남은 병력은 고작 8백 남짓.

　그중 주변 성들과 마을의 치안을 위해 3백이 빠져나간 상황
이었다.

　5백의 병력으로는 제법 넓은 아츠 자작 성을 지키기가 불가
능했다.

　당연히 1만의 병력과 싸울 엄두가 날 리 없을 터.

　"멈춰라! 여, 여긴 바르카스 공작 각하의 영지다!"

　아르크는 바르카스 공작의 이름을 내세워 상대에게 겁을 주
려 했다.

　하지만 상대는 바르카스 공작이 원정을 떠났다는 사실을 너
무나 잘 알고 있었다.

　"헛소리 집어치워라. 원정을 떠난 바르카스 공작을 언급한
다고 해서 내가 겁을 먹을 것 같으냐?"

살루딘을 들어 올리며 로데우스가 코웃음을 쳤다. 그러자 그를 따르던 1만 선발군이 보란 듯이 웃음을 터트렸다.

"바르카스 공작의 영지라니?"

"도대체 언제부터 아츠 자작령이 바르카스 공작령으로 편입된 거야?"

"저런 녀석을 자식이랍시고 믿고 원정을 떠났다니. 아츠 자작도 미쳤군."

"누가 아니래?"

로데우스 군은 여유가 넘쳤다. 실전을 단 한 번도 치르지 않은 상태지만 자신들을 보며 바들거리는 상대에게 겁을 먹을 만큼 어수룩하진 않았다.

"항복해라! 그럼 목숨만은 살려주마!"

후아아앙!

커다란 도끼로 허공을 짓이기며 로데우스가 사납게 소리쳤다.

그 기세에 놀란 아르크가 흠칫 놀라며 물러섰다.

마음 같아선 당연히 항복을 하고 싶었다. 하지만 차마 바르카스 공작을 배신할 수가 없었다.

"허, 헛소리 마라!"

마른침을 삼키며 아르크가 목청껏 소리쳤다.

"와아아!"

"우릴 우습게 보지 마라!"

아르크를 따라 성벽 위의 병사들이 고함을 내질렀다. 무턱대고 덤볐다간 큰 코 다칠 거라며 잔뜩 겁을 주었다.

하지만 그런 잔 수에 로데우스가 넘어갈 리 없었다.

"흥! 그럴 줄 알았다."

싸늘하게 코웃음을 흘리던 로데우스가 입을 다문 성문을 노려 보았다.

수는 적지만 성을 방패 삼아 싸우는 적들을 상대하면 적지 않은 피해를 입게 될 것이다.

그 방패를 무용지물로 만들면 일방적인 승부가 될 수밖에 없을 터.

"이놈들!"

잔뜩 마나를 끌어 올린 로데우스가 있는 힘껏 도끼를 내던졌다.

후아아앗!

살루딘이 매섭게 회전하며 허공을 가로질렀다.

잠시 후,

콰지지직!

살루딘과 함께 폭발한 성문이 산산조각이 나버렸다.

"서, 성문이 깨졌다!"

"안으로 피해라!"

로데우스의 무위에 겁을 먹은 병사들이 내성으로 도망쳤다. 하지만 내성 또한 살루딘의 위력 앞에 오래 버티지는 못했다.

"마지막으로 말한다! 항복하라! 항복하면 목숨만은 살려주 겠다!"

겁에 질린 병사들을 궁지에 몰아넣으며 로데우스가 음산한 목소리를 흘렸다.

성벽이란 방패를 잃은 500여 병사들이 버티기에 1만 병력 은 너무나 많았다.

"하, 항복이오!"

"항복하겠소!"

누가 먼저랄 것도 없이 무기를 내려놓았다.

"이럴 수가."

분한 얼굴로 병사들을 노려보던 아르크마저 이내 고개를 떨 어뜨리고야 말았다.

3

로데우스가 이끄는 선발대의 활약은 실로 대단했다.

순식간에 아츠 자작 성을 넘은 뒤 바르카스 공작령으로 진 군했다. 이어 길목을 지키고 있던 두 개의 성을 무혈입성하며 단리명과 본군이 지날 길을 깨끗하게 닦아놓았다.

덕분에 단리명은 큰 번거로움 없이 바르카스 공작 성까지 올 수 있었다.

"저기가 바르카스 공작 성이로군."

왕도 하룬 만큼이나 높게 솟은 성채를 바라보며 단리명이
눈을 빛냈다.

"곧바로 공략하실 생각이십니까?"

로데우스의 활약에 자극을 받은 하이베크가 조바심을 냈다.

단리명이 허락만 한다면 광휘의 기사들과 함께 선두에 서고
싶었다.

하지만 소수가 공략하기에 바르카스 공작 성은 생각 이상으
로 높고 튼튼했다.

"우리가 목표로 하는 건 바르카스 공작이지 바르카스 공작
성이 아닙니다."

스탈란 남작이 끼어들듯 말했다. 그러자 하이베크가 눈살을
찌푸렸다.

"그게 무슨 말인가."

"하이베크 후작님과 광휘의 기사단을 앞세운다면 바르카스
공작 성을 점령하는 게 불가능하지는 않을 것입니다. 정보에
따르면 바르카스 공작 성에 머무는 병력은 7천 정도라고 합니
다. 물론 근방에 5군의 4만 병력이 주둔해 있지만 그들이 오기
까지는 시간이 걸릴 터. 빠르게 몰아친다면 최소한의 피해로
공작 성을 넘게 될 것입니다."

"내가 생각했던 것도 바로 그것이다."

"하오나 후작님. 그렇게 된다면 바르카스 공작을 잡는 게
늦어질 겁니다."

"바르카스 공작을 잡는 게 늦어지다니?"

"공작 성이 위험에 빠졌다는 사실이 전해진다면 바르카스 공작은 필히 군을 되돌릴 것입니다. 당연히 퇴군하는 내내 전령을 보내 상황을 주시할 터. 만일 공작 성을 구하는 게 늦어진다면 군이 이곳까지 오지는 않을 것입니다."

바르카스 공작 성이 상징성을 띠는 건 함락당하기 전까지다.

단리명의 군대가 바르카스 공작 성을 넘으면 바르카스 공작은 주변의 영지로 옮겨 항전을 준비할 것이다.

그렇게 되면 장기전으로 굳어질 가능성이 높아질 터.

단리명과 스탈란 남작이 바라는 그림이 결코 아니었다.

"바르카스 공작을 상대하는 건 저곳이 될 것입니다. 수적 불리함은 리먼 대공 전하를 비롯해 두 분 후작님과 기사단이 해결해 줄 터. 공작 성의 수많은 병사들이 보는 앞에서 바르카스 공작이 무너진다면 단단한 성문도 열릴 수밖에 없을 것입니다."

높게 솟은 바르카스 공작 성을 바라보며 스탈란 남작이 묘한 말을 남겼다.

"다른 꿍꿍이가 있나 보군."

하이베크가 이내 분을 삭였다. 머리 쓰는 게 전문인 스탈란 남작이 일을 꾸몄다면 그의 뜻에 맞춰주는 게 나을 것 같았다.

"스탈란 남작의 말대로 이곳에서 바르카스 공작을 기다린다. 그렇다고 마냥 시간만 보낼 필요는 없겠지."

단리명의 생각도 크게 다르지 않았다. 다만 지나치게 소극적인 태도로 일관할 경우 바르카스 공작이 냄새를 맡을 수 있었다.

"하백, 노대수."

"예!

"말씀하십시오."

"각기 1만의 병력을 주겠다. 성벽 뒤에 숨은 녀석들에게 겁을 주어라."

단리명의 명이 떨어지기가 무섭게 하이베크와 로데우스의 표정이 달라졌다.

"흐흐. 걱정하지 마십시오."

로데우스가 한껏 입가를 비틀었다.

"실망시켜 드리지 않겠습니다."

하이베크도 라보라의 검신을 꼭 잡아 쥐었다.

로데우스와 하이베크는 각기 1만의 병력을 이끌고 바르카스 공작 성의 좌우로 움직였다.

양측에 광휘의 기사들이 오십 명씩 배치되었다.

"이놈들! 용기가 있으면 나와봐라!"

하이베크를 따라나선 아르넬이 목청껏 소리쳤다.

"내가 바로 로이젠 백작이다. 나와 싸울 자가 없느냐!"

이에 질세라 반대편에서 로이젠 백작의 목소리가 울려 퍼졌다.

그 모습을 바라보던 스탈란 남작의 입가로 즐거운 웃음이 번졌다.

'과연 대공 전하시군.'

자신과 같은 전략가들에게 있어 가장 편한 군주는 생각하지 않는 군주다.

전략가들의 말을 100% 수용할 경우 전략적인 오차가 줄어든다. 하지만 결과에 따른 모든 책임은 전략가가 질 수밖에 없다.

반면 전략가들이 가장 까다롭게 여기는 군주는 전략을 꿰뚫어보는 군주다.

그중에서도 단리명은 더욱 버거웠다. 전략가 위에 군림하기 때문에 잠시라도 한눈을 팔았다간 불호령이 떨어지고 만다.

그나마 단리명이 이스토르(?) 출신이라 미드란 대륙의 사정을 알지 못했다면 자신의 역할조차 작아졌을 터. 그 기회를 살려 단리명의 곁에 있지만 스탈란 남작은 오히려 즐거웠다.

특히 이번처럼 전략의 핵심을 꿰뚫고 주도적으로 지시를 내리는 군주야말로 진정한 완성형 군주라고 할 만했다.

이번 전략의 핵심은 바르카스 공작군의 빠른 귀환이다.

느긋한 회군은 오히려 적만 키울 뿐이다. 반면 정신없이 회군할 경우 병력 감소는 물론 심리적, 체력적 부담이 커질 수밖에 없었다.

그 점을 정확하게 꿰뚫어본 단리명은 하이베크와 로데우스에게 압박을 명했다.

압박을 받은 바르카스 공작 성에선 바르카스 공작의 회군을 재촉할 터.

그것이 결국 바르카스 공작의 최후를 재촉하는 일이 될 것이다.

"저쯤이려나."

바르카스 공작 성 앞에 넓게 펼쳐진 평지를 보며 스탈란 남작이 상념에 빠져들었다.

수많은 적군들 사이를 종횡무진하는 이들이 그려졌다.

단리명. 하이베크. 로데우스.

그들을 과연 바르카스 공작이 막을 수 있을까.

바르카스 공작의 최후를 장식하는 건 누구의 몫일까.

"이카로트 백작. 때를 잘 맞추는 게 좋을 것이오. 너무 고심이 길어지면 우리 대공 전하의 미움을 살 수 있을 테니까."

평지를 가로지른 그의 시선이 다시 바르카스 공작 성으로 향했다.

조금 전까지만 해도 위풍당당하던 성채가 왠지 위태로워 보였다.

4

"서둘러라! 서둘러!"

바르카스 공작은 마음이 급했다. 공작 성에선 하루가 멀다하고 구원 요청을 하는데 병력은 너무 많아 속력을 낼 수가 없었다.

"공작 각하. 근처에 5군이 머물고 있지 않습니까?"

"맞습니다. 그러니 너무 조급해하지 마십시오."

졸지에 회군에 휩쓸린 보르만 후작과 쿠스탄 백작이 바르카스 공작을 만류하려 했다. 하지만 바르카스 공작은 고집을 꺾지 않았다.

"조급해하지 말라니! 네놈들의 영지에 적군이 몰아쳐도 같은 말을 할 것이냐!"

바르카스 공작의 역정이 호통처럼 터져 나왔다.

바르카스 공작령은 바르카스 공작 세력의 중추나 마찬가지인 곳이다. 그런 곳이 적군에 유린당하고 있는데 서두르지 말라니!

침착해야 한다는 보르만 후작과 쿠스탄 백작이 오히려 이기적으로 느껴졌다.

"바르카스 공작 각하. 이대로는 회군이 어려울 것 같습니다."

"어렵다니! 그럼 공작 성을 포기하잔 말이냐!"

"그런 뜻으로 말씀드린 게 아닙니다."

"허면?"

"대군이 한꺼번에 움직이는 건 시간이 많이 걸리니 별동대를 편성해 일단 바르카스 공작 성을 구원하는 게 어떨는지요."

보다 못한 투로 자작이 타협점을 제시했다.

바르카스 공작을 제외한 귀족들은 오직 남부 원정에서 공을 세우기 위해 참전했다. 그들 중에는 가장 먼저 영지를 빼앗긴 아츠 자작도 있었다.

그들의 마음을 외면한 채 무작정 군을 돌리는 건 현명한 선택이 아니었다.

"일단은 1군으로 하여금 바르카스 공작 성을 구원하도록 하는 게 좋을 것 같습니다. 2군과 3군은 경계에서 대기하고 있다가 유동적으로 움직이는 게 어떨지요."

"크윽! 그렇게 하라."

투로 자작의 거듭된 요청에 바르카스 공작이 마지못해 고개를 끄덕였다.

1군 15만 병력에 5군이 더해지면 20만에 육박하는 군세가 만들어진다. 그 정도면 공작령에 침입한 리먼 대공군을 몰아낼 수 있을 터.

"자! 가자!"

2군과 3군을 떨어뜨린 뒤 바르카스 공작은 더욱 진군 속도를 높여 나갔다.

Chap.
34

바르카스 공작의 최후

1

바르카스 공작령으로 향하는 도중 1군은 두 차례나 군을 나누었다.

처음 15만이던 병력이 8만으로 줄어들었다. 다시 5만까지 줄어들고서야 바르카스 공작이 원하는 속력을 낼 수 있었다.

그렇게 보름이 지나서야 바르카스 공작군이 모습을 드러냈다.

"대공 전하. 바르카스 공작입니다."

스탈란 남작이 바르카스 공작군을 바라보며 눈을 빛냈다.

5만이란 적지 않은 병력이 몰려왔지만 두렵게 느껴지지가 않았다.

병사들은 강행군으로 인해 지친 기색이 역력했다. 지금 상태로 과연 제대로 싸울 수나 있을지 의심스러울 정도였다.

반면 단리명이 이끄는 5만 병력은 충분한 휴식을 취한 상태였다.

지나친 휴식으로 인한 사기 저하를 방지하기 위해 돌아가며 바르카스 공작 성을 압박했다. 덕분에 병사들은 오히려 싸움을 기다릴 정도가 되었다.

그것은 하이베크와 로데우스도 마찬가지.

"대형, 절 내보내 주십시오."

하이베크가 라보라를 움켜쥐며 말했다. 그러자 어림없다는 듯 로데우스가 재빨리 끼어들었다.

"대형. 마지막까지 저를 믿어주십시오."

로데우스가 간절한 얼굴로 단리명을 바라보았다.

하이베크에 비해 로데우스는 그간 이렇다 할 기회를 잡지 못했다. 덕분에 세력 내의 입지는 하이베크에 비할 바 못됐다.

이번 전쟁에서 선봉에 선 것도 어렵게 얻은 기회. 그것을 통해 단리명에게 확실히 눈도장을 받고 싶은 생각이었다.

그 열망이 단리명의 마음을 흡족하게 만들었다.

"좋다. 노대수. 네가 맡아라."

단리명이 작게 웃으며 로데우스의 어깨를 두드렸다.

"감사합니다, 대형. 믿어주십시오. 실망시켜 드리지 않겠습니다."

어렵게 기회를 살린 로데우스가 주먹을 꼭 움켜쥐었다.

"이카로트 백작은 아직이더냐."

"전령을 보냈습니다만 아직 소식이 없습니다."

"크윽! 도대체 지금까지 어디서 무얼 하고 있단 말이냐!"

바로 코앞에 공작 성이 있음에도 입성하지 못하는 바르카스 공작의 심정은 말이 아니었다.

바르카스 공작 성이 무사하길 바라면서도 내심으론 치열한 전투가 벌어졌길 기대했다.

전투가 계속될수록 적들의 피해도 늘어만 갈 터. 그 정도가 강행군을 한 아군과 비슷하다면 승산이 충분하다고 여겼다.

병력을 줄여가면서 진군을 재촉한 것도 그런 이유 때문이었다. 하지만 현실은 그런 바르카스 공작을 매정하게 외면해 버렸다.

전령에 따르면 적군이 단순히 위협만 가했을 뿐 이렇다 할 전투가 치러지지 않았다고 했다. 게다가 교대로 병력을 운용한 덕분에 피로도도 심하지 않은 것 같다고 했다.

반면 지금쯤이면 공작 성 후방에 모습을 드러냈어야 할 5군의 소식은 들리지가 않았다.

이카로트 백작이 가장 최근에 보내온 보고에 따르면 후방의 영지에서 문제가 생겨 당장 군을 운용하기 어렵다고 했다.

후방이 어지러우면 원정을 떠난 병사들의 사기가 떨어지는 건 자명한 일.

그 혼란을 잠재우는 게 바로 5군단의 몫인 만큼 특별히 문제 삼을 건 없었다.

바르카스 공작 성이 안전했다면 말이다.

"공작 성이 적군에 포위되었는데 후방에서 노닥거리다니 제정신인가! 지금 즉시 군을 이끌고 공작 성을 구원하라! 어서!"

바르카스 공작은 전령을 통해 이카로트 백작을 엄히 꾸짖었다. 돌아온 전령의 보고에 따르면 이카로트 백작이 군을 이끌고 곧바로 바르카스 공작 성으로 향하겠다 말했다고 했다.

하지만 그 어디에서도 이카로트 백작과 제5군의 모습은 보이지 않았다.

"아무래도 이카로트 백작의 신변에 문제가 생긴 모양입니다."

회군 때 동반한 투로 자작이 이카로트 백작을 두둔하듯 말했다.

하지만 그런 행동들이 오히려 바르카스 공작을 분노하게 만들었다.

"공작 각하. 이렇게 된 이상 전면전을 펼치기는 어렵습니다."

5군의 4만 병력이 합류한다면 모르겠지만 지금 당장은 수

적 우위를 지키기가 어려웠다.

게다가 병사들은 매우 지쳐 있는 상태.

뒤따라오는 병력과 합류하고 제5군의 소식을 기다리기 위해서라도 시간을 벌 필요가 있었다.

"기사전을 벌이란 말이냐?"

"그렇습니다. 공작 각하. 본디 기사전이 전초전을 대신하지 않았습니까?"

본격적인 전쟁이 시작되기 전에 기사전을 벌였던 전통은 꽤나 오랫동안 유지되어 왔다.

근래에 들어 그 의미가 퇴색되긴 했지만 아직도 기사도를 중시하는 기사들은 기사전에 의미를 두곤 했다.

일반적으로 기사전이 시작되면 양측 병력은 움직임을 멈춘 채 적정 거리를 유지한 채 주둔한다. 기사들이 싸우는 동안 병사들은 적정한 긴장감을 유지한 채 휴식을 취할 수 있었다.

확실히 기사전을 신청하는 편이 전력을 향상시키는 데 도움이 됐다.

하지만 바르카스 공작은 쉽게 결정을 내리지 못했다.

"혹여 리먼 대공 때문이십니까?"

투로 자작이 그 이유를 금세 알아챘다.

"크흠."

바르카스 공작은 헛기침으로 불편한 심정을 대신했다.

만에 하나 상대 쪽에서 단리명이 나선다면 기사전의 의미가 사라지게 될 것이다.

진중에서 그를 상대할 수 있는 기사는 자신뿐. 승리를 거두기 위해서는 최선의 몸 상태를 유지해야 했지만 지금으로서는 솔직히 자신이 없었다.

"그 점이라면 크게 걱정하지 않으셔도 될 것 같습니다."

"방법이 있느냐?"

"간단합니다. 우리 쪽에서 먼저 리먼 대공이 나오지 못하도록 분위기를 만드는 것입니다."

투로 자작이 나름의 대안을 꺼내놓았다. 말인 즉, 적당한 수준의 기사들을 내보내 상대가 응수하도록 만들자는 것이었다.

기사전은 서로 수준에 맞춰 기사를 내보내는 게 관례였다.

기사들의 대륙이라 일컬어지는 이스토르 출신이 그 관례를 깨고 무턱 대고 나오지는 않을 터.

"그렇다면 그렇게 하라."

겨우 숨통이 트인 바르카스 공작이 고개를 끄덕였다.

"사흘이면 충분할 것입니다."

투로 자작이 걱정할 것 없다는 듯 입가를 비틀었다.

3

당연하게도 단리명은 바르카스 공작의 기사전 신청을 받아들였다.

"미드란 대륙의 기사전 규칙은 간단합니다. 기사전 도중에는 병력 간의 전투를 금한다. 대전에 나서는 기사의 수는 동등해야 한다."

"중원보다 낫군."

기본 규칙을 들은 단리명이 고개를 끄덕였다.

기실 중원의 비무는 규칙다운 규칙이 없었다. 비무 전에는 별의별 말들로 협의를 지키자고 떠들어놓고선 결과에 따라 온갖 치졸한 일들이 벌어졌으니까.

어쨌든 이런 싸움이라면 할 만했다.

"어느 한 쪽이 더 이상 내놓을 기사가 없을 때까지 기사전은 계속됩니다. 기사전에서 패배한 쪽은 5키론 뒤로 퇴각하는 게 일반적입니다."

"퇴각이라."

"이곳에서 5키론을 물러서면 바르카스 공작군은 공작 성에 입성할 수 있게 됩니다. 그렇다고 진정 승리를 노리는 건 아닐 것입니다. 그보다는 기사전을 통해 시간을 벌려는 게 주 목적일 것입니다."

기사전의 시작은 쉽지만 승패를 결정하는 건 말처럼 쉬운 일이 아니었다.

기사전은 본디 엇비슷한 세력들 간에서 사기를 올리기 위해 이용하는 방식이다.

정말 확연히 승패가 결정될 정도라면 애당초 기사전 자체가 성립되지 않았다.

바르카스 공작이 기사전을 신청했다는 건 다시 말해 이쪽의
세력을 부담스럽게 여긴다는 의미다.

당연히 압승을 해야만 가능한 기사전의 승리까지 염두에 두
지는 않을 것이다. 그보다는 후방에서 따라오는 병력의 합류
를 노리고 있을 터.

"저들이 시간을 끌지 못하도록 해야 합니다. 그러기 위해선
로데우스 후작님의 도움이 필요합니다."

뜻하지 않게 스탈란 남작의 지목을 받은 로데우스의 표정이
밝아졌다.

"크흐흐. 내가 도울 일이라면 무엇이든 하겠다."

로데우스가 껄껄거리며 웃었다. 반면 하이베크의 표정은 차
갑게 굳어 버렸다.

"난 바르카스 공작가의 기사 쿠랄이다! 누가 날 상대하겠느
냐!"

한 시간쯤 지났을 무렵, 바르카스 공작군 앞으로 덩치 큰 사
내가 모습을 드러냈다.

그는 바르카스 제1기사단의 부단장으로 블레이드 나이트
수준의 검술을 보유하고 있었다.

그 정도면 광휘의 기사들 중 상위 레벨의 기사들이 나서는
편이 옳았다. 하지만 도전을 받은 건 다름 아닌 로데우스였다.

"몸이 근질근질했는데 잘됐구나."

로데우스가 나서자 전장이 술렁거렸다.

단리명에는 미치지 못하지만 로데우스도 상당히 강하다고 알려져 있었다. 그의 실력에 대한 명확한 평가를 내리기는 일렀지만 최소한 쿠랄이 상대할 자는 아니었다.

"시작부터 후작께서 나서다니! 대공께선 기사전의 전통을 모르신단 말이오!"

쿠랄이 이를 악물며 소리쳤다. 그러자 바르카스 공작 진영에서 야유가 쏟아졌다.

하지만 그들의 불만도 로데우스의 호기 앞에서 무참히 꺾여 버렸다.

"구시렁거리지 말고 덤벼라. 네깟 녀석을 상대하는 데 무기를 쓴다면 우습겠지."

로데우스가 어깨에 짊어졌던 살루딘을 멀찍이 내던졌다.

쿠우웅!

지면에 처박힌 살루딘이 요란한 소리를 냈다. 그와 동시에 전장의 술렁거림이 뚝 멈춰 버렸다.

"왜? 자신 없느냐?"

로데우스가 도발하듯 손가락을 까닥거렸다.

제아무리 마스터라 할지라도 오러 블레이드를 만들어 낼 검이 없다면 블레이드 나이트를 상대하기 버거운 게 사실이다. 체술을 통해 어느 정도 버틸 수 있을지는 모르겠지만 검을 쥘

때처럼 압도적으로 승리하기란 힘들었다.

도끼를 주무기로 사용하는 것 같은 상대의 실력을 높이 쳐줘봐야 마스터 수준일 터.

그렇다면 굳이 겁먹을 이유가 없었다.

"훙! 그 말을 후회하게 만들어드리겠소."

쿠랄이 기세 좋게 앞으로 걸어 나갔다.

"능력이 된다면 얼마든지."

로데우스가 피식 웃으며 손가락을 풀었다.

"하압!"

어느 정도 거리가 가까워지자 쿠랄이 매섭게 검을 휘두르며 달려들었다.

후아아앗!

허공을 가른 검날이 로데우스의 가슴을 향해 날아들었다.

병기가 없는 이상 몸을 뒤로 젖혀 피해야 할 터. 만일 생각대로 상대가 움직여 준다면 초반 기선을 잡을 수 있게 될 것이다.

하지만 예상과는 달리 로데우스는 피할 생각을 하지 않았다. 오히려 가소롭다는 듯 웃음을 머금었다.

'이자가 실성을 했나!'

차마 내뱉지 못한 말을 되삼키며 쿠랄이 검에 오러를 밀어 넣었다.

후르르릉!

검면을 타고 진한 하이 오러가 만들어졌다.

하이 오러가 덧씌워진 검에 격중된다면 목숨을 잃을 수도 있는 상황. 그럼에도 로데우스는 끝내 걸음을 물리지 않았다.

대신 덤벼드는 검을 향해 빠르게 주먹을 내질렀다.

콰강!

요란한 파열음이 터졌다. 이어 쿠랄이 비명을 내지르며 튕겨 나갔다.

"쿠랄이 지다니!"

"마, 말도 안 돼!"

쿠랄의 승리를 확신했던 바르카스 공작군 쪽에서는 비명이 터져 나왔다.

반면 광휘의 기사단을 비롯한 단리명의 군은 그럴 줄 알았다는 듯 조용하기만 했다.

"크으으."

충격을 삭이듯 쿠랄이 머리를 흔들며 몸을 일으켰다.

어떤 방법으로 자신의 검을 막았는지 확실히 보지는 못했지만 상대의 권법이 심상치 않게 느껴졌다.

하지만 로데우스의 주먹은 단지 검을 막아낸 것으로 끝나지 않았다.

"쿨럭!"

검을 들고 재차 덤벼들려던 쿠랄이 갑자기 핏물을 쏟아냈다. 이어 몸을 바들바들 떨더니 그 자리에서 고꾸라지고 말았다.

"쿠랄!"

"정신 차려!"

갑작스런 상황에 놀란 바르카스 공작군의 기사들이 소리를 질렀다.

검을 쥔 기사가 무기조차 없는 자의 주먹에 맞고 쓰러졌다는 건 수치 중의 수치였다. 기사로서의 명예는 물론 기사전의 승리를 위해서라도 쿠랄이 힘을 내줘야만 했다.

하지만 쿠랄은 혼절한 듯 끝내 몸을 일으키지 못했다.

"흥! 이딴 비리비리한 놈 말고 제대로 된 놈은 없느냐!"

로데우스가 바르카스 공작군을 바라보며 약을 올렸다.

"내가 상대하겠소!"

기다렸다는 듯이 호리호리한 사내가 나섰다.

그의 이름은 제록. 쿠랄과 함께 바르카스 공작을 모시는 기사였다.

하지만 그 역시도 로데우스의 주먹을 감당하지 못했다.

"크아아악!"

더욱 자지러지는 비명을 내지르며 공작군 근처까지 튕겨 나가 버렸다.

이렇게 되자 바르카스 공작군의 사기가 급격하게 떨어져 버렸다.

"쿠랄 님에 이어 제록 님까지 지다니."

"그것도 맨주먹으로 쓰러트렸어."

"도대체… 얼마나 강하다는 거야?"

일방적인 패배가 병사들의 사기를 떨어뜨렸다. 더 이상 분위기가 가라앉을 경우 두려움이 엄습해 올 수도 있는 상황.

"제가 상대해 보겠습니다."

더 이상 기사들에게만 맡길 수 없겠던지 바르카스 공작의 총애를 받는 쿠스탄 백작까지 창을 꼬나들고 나섰다.

그는 본디 3군을 지휘해야 했지만 바르카스 공작을 돕기 위해 군을 부관에게 맡긴 채 1군을 따라온 상태였다.

"호오, 이번에는 제법 괜찮은 놈이군."

천천히 다가오는 쿠스탄 백작을 바라보며 로데우스가 입가를 들어 올렸다.

대외적으로 알려진 쿠스탄 백작의 실력은 준 마스터. 블레이드 나이트 최상급이었다.

하지만 실제 쿠스탄 백작은 마스터의 경지에 접어들어 있었다.

그 사실을 굳이 밝히지 않은 건 바르카스 공작군의 히든 카드로 사용하기 위해서였다.

그렇게 아껴 둔 카드를 고작 기사전에 낼 수밖에 없는 사실이 바르카스 공작의 마음을 답답하게 만들었다.

그렇다고 더 이상의 패배를 용납할 수는 없는 일.

"기필코 승리하라."

점점 멀어지는 쿠스탄 백작을 바라보며 바르카스 공작이 질근 입술을 깨물었다.

그러나 애석하게도 그 역시 로데우스의 주먹을 막아내지 못했다.

깡! 까앙!

창의 길이를 이용해 두 차례 원거리 공격을 시도한 게 전부.

"재주가 그것뿐이라면 그만 꺼져라!"

폭발하듯 날아든 주먹 앞에 얼굴이 뭉개진 채 튕겨 나가고 말았다.

3군의 사령관이던 쿠스탄 백작마저 패하자 바르카스 공작군의 사기는 바닥까지 떨어졌다. 반면 단리명의 군대의 사기는 하늘 높은 줄 모르고 치솟았다.

"크윽! 빌어먹을!"

비로소 꾀를 부리려다 상대에게 당하고 말았다는 사실을 깨달은 바르카스 공작이 분을 참지 못했다.

때마침 로데우스가 바르카스 공작을 자극했다.

"바르카스 공작은 들어라. 네 녀석이 사내라면 지금 당장 도끼를 들고 나서라. 그렇지 않다면 더 이상 4대 공작으로 인정하지 않겠다."

로데우스의 비아냥이 의미하는 바는 컸다.

왕국의 4대 공작은 공작의 작위와 더불어 강함을 의미한다.

4대 공작으로 인정하지 않겠다는 건 강함을 부인하겠다는 뜻.

바르카스 공작이 발끈하지 않을 수가 없었다.

"네 이놈! 죽고 싶어 환장을 했구나!"

참다못한 바르카스 공작이 도끼를 들고 나섰다.

"공작 각하! 참으십시오!"

투로 자작이 간곡히 매달렸지만 소용없었다. 오히려 자신을 믿지 못하는 것 같아 더욱 분통이 터졌다.

"그래. 사내 녀석이라면 그렇게 나와야지."

바르카스 공작이 씩씩거리며 다가오자 로데우스도 살라딘을 거둬들였다.

크르르릉!

다시 주인의 품으로 돌아온 살라딘이 살갑게 울어댔다. 그 울음에 반응하듯 바르카스 공작의 도끼도 왕왕 울음을 흘렸다.

4

"흥! 어디서 쓸 만한 도끼를 얻었나 모르겠다만 날 건드린 걸 후회하게 만들어주겠다."

로데우스를 향해 도끼를 들어 올리며 바르카스 공작이 빠득 이를 갈았다.

호언할 만큼 그의 부술 실력은 대단했다. 적어도 부술에 있어서 바르카스 공작의 적수는 찾아보기 어려울 정도였다.

하지만 그것도 인간들의 기준으로 봤을 때 이야기다.

상대는 드래곤. 마병에 마왕이 사용했던 부법을 익힌 상태였다.

비록 그 능숙함이 일천한 수준이라 하더라도 바르카스 공작의 부법을 능가하고도 남았다.

"받아라!"

후아아앗!

오러를 머금은 바르카스 공작의 도끼가 로데우스의 머리 위로 떨어졌다.

검보다 활용도가 떨어지는 도끼의 특성상 급소 방어가 쉽지 않았다.

정수리는 급소 중의 급소. 그곳을 막기 위해 도끼를 들어 올린다면 자연스럽게 가슴이 비고 말 것이다.

'단번에 끝낸다.'

바르카스 공작은 로데우스와 오래 싸우고픈 마음이 없었다.

압도적인 실력 차를 통해 승리할 생각이었다. 그렇지 않다면 꺾인 사기를 만회할 방법이 없었다.

공교롭게도 로데우스 역시 같은 생각을 가지고 있었다.

'대형께서 보고 계시다. 고작 이딴 녀석과 노닥거릴 수는 없다!'

까강!

순식간에 바르카스 공작의 도끼를 튕겨 낸 로데우스가 기형적으로 손목을 비틀었다.

후아아앗!

살루딘의 도끼날이 사각을 타고 날아들었다. 뒤늦게 그 사실을 안 바르카스 공작이 있는 힘껏 도끼를 거둬들였지만 가슴을 보호하지 못했다.

빠직!

살루딘과 부딪친 가슴뼈가 산산조각이 났다. 덩달아 부러진 가슴뼈가 심장과 폐에 구멍을 내놓았다.

"쿨럭!"

핏물을 왈칵거리던 바르카스 공작이 억울하다는 듯 대지 위로 고꾸라졌다.

쿠웅!

4대 공작의 한 사람으로서 하밀 왕국을 쥐락펴락 했던 절대 강자의 죽음 치고는 너무나 허무하기만 했다.

5

"항복하겠습니다."

뒤늦게 모습을 드러낸 이카로트 백작은 혼란스러운 군을 수습한 뒤 단리명에게 정식적으로 항복 의사를 표했다.

기실 바르카스 공작이 죽은 순간부터 그들이 꾸던 꿈은 끝난 것이나 마찬가지였다.

자신들을 보호해 주던 든든한 보호자가 사라진 이상 선택할 수 있는 건 두 가지뿐이었다.

하나는 뿔뿔이 흩어져 쥐죽은 듯 사는 것.

다른 하나는 더 강한 자의 그늘 아래로 들어가는 것.

이카로트 백작을 비롯한 온건 세력에게는 선택의 여지가 없었다.

게다가 이카로트 백작은 은밀하게 스탈란 남작의 서신을 받은 상황이었다.

"항복을 받아들여 주십시오."

스탈란 남작이 옆에서 이카로트 백작을 도왔다.

"쓸데없이 피를 흘려봐야 좋을 건 없겠지."

단리명이 이내 고개를 끄덕였다.

"감사합니다. 대공 전하."

이카로트 백작이 더욱 깊숙이 고개를 숙였다.

이카로트 백작의 결단 덕분에 더 이상의 무력 충돌은 없었다.

물론 5군이 합류한 병력은 여전히 바르카스 공작군 쪽이 많은 상황이었다. 하지만 실질적으로 군을 이끌 존재들의 부재가 크게 작용했다.

바르카스 공작이 죽은 상황에서 권력을 이양받을 수 있는 건 보르만 후작이었다.

보르만 후작은 현재 2군과 3군을 통솔하며 남부 연합과 대치 중인 상황. 그가 없다면 두 명의 백작이 지휘권을 갖게 된다.

그중 쿠스탄 백작은 바르카스 공작이 죽었다는 소식을 듣고 혀를 깨물고 자진해 버렸다.

이제 남은 것은 이카로트 백작뿐.

다행히 바르카스 공작 세력 내에서도 제법 명망을 받은 덕분에 병사들은 우왕좌왕하지 않고 스탈란 남작의 지시대로 움직였다.

이로서 가장 먼저 단리명의 눈 밖에 난 바르카스 공작의 세력이 정리되었다.

아직 보르만 후작이 남아 있지만 바르카스 공작의 소식을 듣게 된다면 아마 군을 돌리려 할 터. 그 후미를 메르시오 백작이 공략한다면 어렵지 않게 승리를 거둘 수 있을 것이다.

"하온으로 돌아간다."

하이베크와 1만의 병력으로 하여금 바르카스 공작령을 안정시키도록 한 뒤 단리명은 포로가 된 10만여 병력과 함께 수도 하온으로 되돌아갔다.

Chap.
35

마법사 샤이니아

1

리먼 대공이 바르카스 공작을 쓰러트렸다.

바르카스 공작의 패망 소식이 빠르게 번져 갔다.
"쳇! 바르카스 공작을 쓰러트린 건 나라고."
소문을 들은 로데우스가 불만스럽게 투덜거렸다. 내심 자신의 이름이 널리 알려지길 바랐건만 백성들은 아직까지도 단리 명밖에 알지 못하는 것 같았다.
그런 로데우스를 달래듯 스탈란 남작이 웃으며 말했다.
"단순한 대련이 아니라 전쟁이다 보니 소문이 그렇게 날 수밖에 없습니다."
"크흠. 그걸 누가 모르나."

"시간이 지나면 아마 기사전의 이야기도 알려질 것입니다. 그때가 되면 사람들도 바르카스 공작의 도끼를 꺾은 게 로데우스 후작님이란 사실을 기억하게 될 테니 조금만 참으십시오."

"흠, 흠. 뭐 그렇다면야……."

확실히 왕국민들에게 중요한 건 전쟁의 승패 여부였다. 누가 얼마만큼 활약했는지는 부차적인 문제였다.

하지만 승리가 계속되고 단리명의 이름이 높아질 수록 그를 따르는 이들도 부각될 수밖에 없었다.

결국은 시간의 문제일 터.

"이 녀석들! 빨리 빨리 좀 움직여라! 내일까진 하온에 도착해야 할 게 아니냐!"

괜히 무안해진 로데우스가 애꿎은 병사들을 닦달했다.

승리의 분위기에 취해 있어서일까.

"서둘러!"

"힘을 내자고!"

병사들 중 누구도 투덜대지 않았다.

2

단리명과 바르카스 공작의 전쟁 소식에 밤잠을 설친 건 비단 하밀 국왕만이 아니었다.

크게 내색하지 않았지만 4대 공작들 모두 결과에 촉각을 곤두세우고 있었다.

전력적으론 바르카스 공작 쪽이 우위에 있지만 역사상 유례가 없는 두 명의 마에스트로를 상대해야 하는 상황. 제법 치열한 전투를 벌이리라 생각했다.

하지만 들려온 결과는 너무나 충격적이었다.

"뭣이! 그게 정말이냐!"

"그렇습니다. 로데우스 후작과의 기사전에서 패한 바르카스 공작군이 그대로 무너져 내렸다고 합니다."

"기사전에서 패했다고 그만한 대군이 무너지다니!"

"그게… 바르카스 공작께서 직접 나서셨던 모양입니다."

"바르카스 공작이 직접? 그, 그렇다면……?"

"예. 전사하셨습니다."

"허!"

지형적인 문제로 가장 늦게 결과를 전해 들었지만 티마르 공작이 받은 충격은 가장 컸다.

비록 4대 공작이 서로를 견제하고 있었다지만 티마르 공작과 바르카스 공작은 나름의 돈독한 협조 관계를 유지하고 있었다.

발렌시아 공작과 칼리오스 공작이 바르카스 공작을 이용해 시간을 벌려 했을 때도 솔직히 마음이 내키지 않았다.

반대를 했다간 그 불똥이 자신에게 튈까봐 마지못해 고개를 끄덕였지만 내심 찜찜함을 품고 있었다. 그것이 바르카스 공작의 죽음으로 이어진 것 같아 머릿속이 어지럽기만 했다.

"바르카스 공작이 죽다니……."

아직도 믿기 어려운 티마르 공작이 힘없이 중얼거렸다.

4대 공작 하나 하나가 서로에게 주는 의미는 남달랐다.

경쟁자. 때론 동료. 가끔은 넘어야만 하는 산.

하지만 그것보다는 서로 등을 맞댄 공동체라는 생각이 강했다.

건국왕 하르페로부터 공작의 작위를 받았을 때부터 계속되어 왔던 동병상련의 감정이 보이지 않는 끈으로 작용해 서로를 계속 묶어두었던 것이다.

그들 중 하나가 사라졌다는 사실이 크나큰 상실감으로 작용했다.

단지 공작 하나가 빈 게 아니었다.

바르카스 공작이 죽고 전쟁에서 패한 이상 바르카스 공작가도 사라지고 말 터.

결코 있을 수 없는 일이 현실이 되어버렸다.

순간 티마르 공작은 정신이 번쩍 들었다. 자신도 그렇게 되지 말라는 법이 없었다.

"리먼 대공 쪽의 피해 상황은 어떤가?"

티마르 공작이 재빨리 상대의 전력을 확인했다.

바르카스 공작군과 싸운 이상 어느 정도 피해는 입었을 터.

내심 그 정도가 심하길 바랐다.

하지만 전령의 말은 실망감만 더해줄 뿐이었다.

"저, 그게… 피해가 없다고 합니다."

"피해가 없다니! 그게 무슨 말이냐!"

"그것이……."

전령은 소문과 정보를 조합해 당시의 상황을 설명했다.

"그러니까 시간을 벌려다 오히려 바르카스 공작이 당했단 말이냐?"

자신이 말해놓고도 믿기 어려운 듯 티마르 공작이 미간을 찌푸렸다.

"아무래도 그런 것 같습니다."

전령이 조심스럽게 고개를 끄덕였다. 그 외에도 의아스러운 점이 적지 않았지만 확인되지 않은 사안을 보고할 수는 없는 노릇이었다.

특히 이카로트 백작의 갑작스런 항복 선언이 마음에 걸렸다. 어쩔 수 없는 상황이었다고는 하지만 항복과 이후의 대처들을 봤을 때 사전에 어떤 조율이 있지 않았을까 하는 의심마저 들었다.

하지만 그것을 판단하는 건 자신의 몫이 아니었다.

그는 직접적인 상황을 듣기 위해 티마르 공작에게 불려왔을 뿐이다.

"알았으니 물러가라."

이마를 짚으며 티마르 공작이 전령을 내보냈다.

더 이상 전령과 노닥거릴 시간이 없었다.

바르카스 공작가를 집어삼킨 리먼 대공의 군대가 자신을 노릴 게 틀림없을 터. 그에 따른 대비책을 마련해 놓아야 했다.

"모든 귀족들을 집합시켜라. 실험 중인 마법사들까지 모조리 불러들여!"

티마르 공작은 총동원령을 내렸다. 적어도 바르카스 공작처럼 상대를 우습게 알다가 제대로 싸워보지도 못하고 무너질 수는 없었다.

"운 좋게 기사전을 통해 승기를 잡은 모양이다만, 내겐 어림없다."

마법사 특유의 냉철함을 되찾은 티마르 공작이 벽에 걸린 지도를 바라보며 싸늘하게 중얼거렸다.

확실히 다른 공작들의 세력에 비해 자신을 따르는 이들의 세력은 작아 보였다. 하지만 4대 공작들 중 누구도 감히 자신들을 무시하지 못했다.

수성에 있어서 만큼은 기사들보다 유용한 마법사들의 존재 때문이다.

실제 하밀 왕국에 소속된 마법사의 수는 300명에 달했다. 그들 중 무려 200명이 티마르 공작을 따르고 있었다.

6레벨 이상의 고위 마법사들을 놓고 보면 그 불균형은 더욱 심해진다.

6레벨 이상의 고위 마법사의 수는 도합 13명. 그들 중 티마르 공작의 명이라면 죽음을 불사할 이들이 무려 10명이었다.

적어도 마법 전력을 통한 싸움만큼은 제아무리 발렌시아 공작이라 할지라도 티마르 공작을 상대하기 불가능한 상황이었다.

하물며 이렇다 할 마법사조차 없는 왕실의 지원을 받는 리먼 대공군을 상대하기란 마냥 어려운 일만은 아닐 터.

"어디! 한 번 덤벼봐라!"

티마르 공작이 입술을 질근 깨물었다.

적어도 마법에 있어서는 내가 최고다.

되삼킨 자신감이 가슴을 왕왕 울렸다.

3

"어서 오십시오, 대공 전하. 폐하께서 기다리고 계십니다."

승전보와 함께 입궁한 단리명을 베론 백작이 반색하며 맞았다.

그는 얼마 전까지만 해도 궁내 대신으로서 하밀 국왕의 곁을 지켜왔었다. 하지만 대전 회의 이후 단리명에게 감복해 새로운 길을 가기로 마음을 먹었다.

덕분에 유일한 충신을 잃었다며 아쉬워하는 하밀 국왕의 푸념이 들려왔지만 제법 쓸 만한 인재가 합류하는 결과로 이어졌다.

물론 아직 단리명의 인정을 받지는 못했지만 말이다.

"알았다."

두 달 가까이 보지 못했으면 안부를 물어줄 만도 하건만 단리명은 무심한 얼굴로 베론 백작을 스쳐 지났다.

그 모습이 조금 서운했지만 베론 백작은 내색하지 않았다.

"사소한 것에 연연해서는 절대 대공 전하께 인정받을 수 없습니다."

베론 백작의 머릿속으로 스탈란 남작의 충고가 떠올랐다.

베론 백작은 주먹을 꼭 쥐었다. 세간의 평가가 썩 좋지 않던 스탈란 남작이 싫긴 했지만 적어도 깐깐한 단리명에게 인정받아 가는 모습만큼은 무척 부럽기만 했다.

"이럴 게 아니라 마법사들을 수소문해 봐야겠군."

베론 백작도 하루빨리 자신의 능력을 보여주고 싶었다. 싸늘하기만 한 단리명에게 쓸 만하단 말을 듣고 싶었다.

하지만 적어도 마법사 문제만큼은 그가 노력하지 않아도 될 것 같았다.

"샤이니아라고 해요."

은빛 머리카락을 찰랑거리며 아름다운 여인이 고개를 까닥
거렸다.

그 모습이 제법 오만해 보였지만 단리명은 크게 문제삼지
않았다.

"단리명이오."

오히려 입가에 미소를 띠며 반갑게 맞았다.

단리명의 지론상 아름다운 여인은 그 자체만으로도 사랑받
을 자격이 충분했다. 게다가 능력까지 갖추고 있으면 금상첨
화.

샤이니아는 레베카와 비견될 만큼 아름다웠다. 은발에서 오
는 느낌이 차갑지 않았다면 아마 더 많은 관심을 끌었을 정도
였다.

어디 그뿐인가.

"마법사라고 했소?"

"네. 8레벨… 마법 정도는 다룰 수 있어요."

그녀는 스스로를 8레벨 마법사로 소개했다.

하밀 왕국 최고의 마법사라 불리는 티마르 공작의 마법 경
지는 7레벨 마스터. 그가 비밀리에 8레벨의 경지에 올랐는지
는 알 수 없지만 어쨌든 샤이니아의 적수가 되진 못할 것 같았
다.

"잘 왔소. 앞으로도 많이 도와주시오."

단리명이 진심으로 샤이니아를 환영했다.

그 마음이 느껴진 것일까.

"저야말로 잘 부탁해요."

처음에는 다소 삐딱하던 샤이니아의 표정이 훨씬 부드럽게 변했다.

5

"샤이니아 님이 왔다구요?"

샤이니아가 왔다는 소식을 들은 레베카는 뛸 듯이 기뻐했다.

수많은 여성체 드래곤들 중 샤이니아는 드래곤 로드인 하이아니스만큼이나 독보적인 존재였다.

다소 깐깐해 보이는 성격과 동급의 남성체 드래곤들을 압도하는 마법 실력은 고룡들 사이에서도 꽤나 유명할 정도였다.

아울러 드래곤다운 드래곤을 꿈꾸는 레베카의 선망의 대상이기도 했다. 당연히 유희를 통한 만남이 설렐 수밖에 없었다.

스탈란 남작도 레베카 만큼이나 샤이니아의 등장을 반겼다.

정확하게는 반가움보다는 기대감이라는 표현이 옳겠지만 어쨌든 그토록 고심했던 마법 전력을 순식간에 끌어 올릴 수 있다는 사실이 그저 즐겁기만 했다.

"샤이니아 님이 진정 8레벨의 마법사라면… 티마르 공작과의 싸움이 훨씬 쉬워질 것입니다."

샤이니아의 진정한 실력을 확인하지는 못했지만 거짓말을 하지 않는 마법사들의 성격상 크게 차이가 나지는 않을 터.

그 정도면 티마르 공작이 버티는 북동부의 마법사들과 충분히 겨룰 만하다고 생각했다.

"그럼 이제 마법 문제는 해결이 된 것이냐?"

"예. 샤이니아 님이 티마르 공작을 견제해 주신다면 다른 마법사들도 함부로 마법을 사용하지는 못할 것입니다. 그때를 노려 공격한다면 승리를 거둘 수 있을 것입니다."

이것저것 따지는 게 많은 스탈란 남작이 긍정적인 반응을 보이자 단리명은 즉시 티마르 공작령 공략을 계획했다.

이번 전쟁에서는 바르카스 공작령을 안정화시키는 작업에 투입된 하이베크가 제외되었다.

연전연승을 거두며 보르만 후작이 이끄는 바르카스 공작의 잔여 세력을 밀어내고 있는 메르시오 백작도 마찬가지.

그나마 다행인 것은 부족한 전력을 포로로 잡은 병사들을 통해 충원할 수 있다는 것이다.

"기존의 병력 5만 중 1만은 하이베크 후작님과 함께 바르카스 공작 성에 배치되어 있습니다. 나머지 4만 중 2만은 만약을 대비해 하온을 보호할 것이며 2만을 이번 원정의 주력 부대로 배치할 계획입니다."

"흐음. 2만이라."

"부족한 수는 포로로 끌고왔던 10만 남짓의 병력을 통해 보충할 생각입니다."

바르카스 공작의 죽음을 직접 목격했기 때문인지 포로들은 상당히 협조적인 태도를 보였다.

그들은 새로운 전쟁에 참여되는 것을 마다하지 않았다. 오히려 이번 기회를 통해 포로의 신분에서 벗어나 제대로 인정받고 싶어했다.

어차피 병사들은 전쟁의 소모품이나 마찬가지.

적지 않은 시간 동안 바르카스 공작과 함께해 왔지만 병사들은 과거에 연연하기보다 미래로 나아가는 걸 선택했다.

어찌됐든 그들 역시 하밀 왕국의 백성들이며 병사들. 타국의 병사가 되어 조국에 창을 들이미는 것보다는 훨씬 마음이 편했다.

"놈들이 쓸 만하겠느냐?"

"지난 한 달여간 로데우스 후작과 로이젠 백작의 지도를 받아왔습니다. 본디 잘 훈련된 병사들이다보니 성과는 물론 사기도 좋습니다. 동기 부여까지 된다면 이번 전쟁에서 큰 도움이 될 것 같습니다."

스탈란 남작은 10만의 병력 중 보다 적극적인 병력 5만을 원정에 참여시킬 계획을 내놓았다.

총 병력 7만이라면 지난 바르카스 공작령 원정보다는 2만이 늘어난 상황. 게다가 하나같이 잘 훈련된 정예들인 만큼 양적인 측면과 질적인 측면 모두를 만족시킬 수 있었다.

"그렇게 하라."

단리명이 이내 고개를 끄덕였다.

이로서 티마르 공작 진영을 향한 2차 원정이 시작되었다.

6

리먼 대공이 이끄는 대군이 티마르 공작령을 향해 움직였다!

바르카스 공작의 사망이 준 충격에서 벗어나기도 전에 새로운 전쟁 소식이 들려왔다.

"이야기 들었어?"

"리먼 대공 전하께서 군을 일으키신 거 말야?"

"그게 아니라 이번에 엄청난 마법사가 합류했다고 하더라고."

"마법사? 왕국의 마법사란 마법사는 모두 티마르 공작 쪽에 붙은 거 아니었어?"

"나도 그런 줄 알았지. 그런데 아닌 마법사들도 있는가 보더라고."

객관적인 시각에서 바라봤을 때 발렌시아 공작과 칼리오스 공작, 티마르 공작 순으로 강한 전력을 보유하고 있었다.

하지만 정확한 사정을 모르는 백성들이 이해하는 건 달랐다.

기사는 발렌시아 공작.

마법은 티마르 공작.

그 다음이 도끼를 쓰는 바르카스 공작 순이었다.

비밀이 많은 칼리오스 공작은 실제 전력에 비해 과소평가되
었다.

그만큼 대륙의 전쟁은 검과 마법으로 대변되고 있었다.

사람들은 이번 전쟁이야말로 바르카스 공작을 꺾은 단리명
의 검과 티마르 공작의 마법 간 싸움이 될 것이라 생각했다.

"마에스트로가 더 강해!"

"아니야! 마법이 훨씬 세다니까?"

철모르는 아이들마저 패를 나누어 전쟁에 대해 떠들어 댈
정도였다.

"마법사라… 흥! 그래 봐야 대수롭지 않을 터."

단리명이 마법사를 영입했단 소식을 들은 티마르 공작은 코
웃음을 쳤다.

혹시나 하는 마음에 고위 마법사들의 흔적을 파악해 봤지만
이렇다 할 움직임은 보이지 않았다.

잘해야 6레벨. 아니면 5레벨 수준의 마법사를 어렵게 구한
게 틀림없을 터.

그 정도로는 결코 자신의 상대가 될 수 없었다.

그보다는 저들의 전략이 신경 쓰였다.

"마법사를 끌어들인 것으로 보아 마나 간섭을 시도하려는 모양이군. 공성을 통해 빠르게 승부를 볼 생각이라면 어림없다."

본디 티마르 공작은 세력 내부에 3개의 방어선을 둔 뒤 가장 후방에서 전쟁을 지휘할 생각이었다.

마법 전력이 없는 단리명의 군대가 일반적인 전술을 펼칠 것이라 예상한 까닭이었다.

하지만 지금은 생각이 바뀌었다.

상대가 마법을 준비했다면 이쪽은 더 강한 마법을 준비하는 게 상책.

만약을 위해서라도 자신이 직접 나서는 편이 나았다.

"마법 전력을 모이아 백작령에 집중시킨다."

티마르 공작이 작전을 바꿔 모이아 백작령을 새로운 전장으로 삼았다.

모이아 백작은 티마르 공작의 세력들 중 유일한 기사 출신 귀족이다. 왕국 5대 마스터의 말석을 차지하고 있지만 전략 전술의 대가로 알려져 있었다.

티마르 공작은 마법진을 이용해 사흘 만에 모이아 백작령에 도착했다.

"수비는 그대에게 맡기겠다. 마법사들이 편히 활동할 수 있도록 적의 공격을 철통같이 막아라."

"걱정하지 마십시오!"

중임을 맡은 모이아 백작의 얼굴이 붉게 달아올랐다.

단순히 마법사를 지원받는 것이라면 모르겠지만 티마르 공작이 직접 온 이상 마법 전력의 집중도가 높아질 터. 그렇다면 제아무리 마에스트로로 이름 높은 리먼 대공이라 할지라도 싸워볼 만하다고 여겼다.

그 자신감은 단리명이 이끄는 대군이 코앞으로 다가올 때까지 계속되었다.

7

"적이다!"

"적군이 몰려온다!"

단리명의 7만 병력이 나타나자 모이아 백작성이 소란스러워졌다.

이곳에 오기 전까지 이미 두 개의 중소 성을 큰 피해 없이 함락시킨 상황이었다. 덕분에 성벽 위를 지키는 병사들은 적잖게 긴장한 얼굴이었다.

반면 단리명의 군대는 상당히 여유로웠다.

지난 전투에서 샤이니아가 보여준 눈부신 마법 실력 덕분이었다.

그녀는 두 성의 마법 방어진을 순식간에 무력화시키고 마법 함정들을 전부 해체시켜 버렸다.

뿐만 아니라 발악하듯 날아드는 적마법사들의 마법을 무효로 만듦은 물론 강력한 마법을 선보여 적들의 사기를 떨어뜨려 버렸다.

덕분에 모이아 백작성에 도착한 지금 그녀의 인기는 로데우스를 뛰어넘고 있었다.

"쳇! 저딴 녀석이 어디가 좋다고."

로데우스가 못마땅한 듯 입을 내밀었다. 이럴 줄 알았으면 처음부터 마법사로 분할 걸 하는 후회마저 치밀었다.

하지만 단순히 마법사이기 때문에 샤이니아가 사랑받는 게 아니었다.

아름다운 외모와 시원시원한 성격은 물론 실질적으로 도움을 주겠다는 노력이 빚어낸 결과였다.

"어라? 이곳에 티마르 공작인가 뭔가 하는 녀석이 있는 모양인데?"

모이아 백작성의 기운을 탐지하듯 마나를 스캔하던 샤이니아가 중요한 사실을 발견해 냈다.

"그게 정말입니까?"

"그래. 당분간은 숨겨 보겠다고 잔꾀를 부린 모양이지만 몰려온 마법사들이 너무 많아. 이건 티마르 공작이 여기 있다고 알려주는 꼴이잖아."

6레벨에 들어서면 체내의 마나가 외부로 드러나는 걸 막을 수 있는 하이딩 마나 마법을 사용할 수 있다.

하지만 성에 몰려온 마법사들 중 6레벨은 소수에 불과했다. 그 외의 마법사들은 자신들의 존재를 고스란히 노출시킬 수밖에 없었다.

물론 그들조차 마법적 탐지를 방해하는 기관 속에 몸을 숨기고 있었지만 마법사로 분한 덕분에 드래곤의 감지 능력을 마음껏 구현하는 샤이니아의 감각을 벗어날 수가 없었다.

덕분에 적들의 전략을 눈치챈 스탈란 남작이 눈을 빛냈다.

"그렇다면 전략을 변경해야 할 것 같습니다."

"전략을 변경하다니?"

"샤이니아 님. 고위 마법을 몇 번이나 사용하실 수 있습니까?"

"그, 글쎄. 8레벨 마법은 한 번 사용하고 나면 하루는 쉬어야 할 것 같고……."

"8레벨 마법까지는 바라지도 않습니다. 적어도 티마르 공작을 당혹스럽게 만드실 정도면 됩니다."

"흠. 티마르 공작이 7레벨이라고 했던가?"

"예. 아직까지 8레벨에 들어섰다는 보고는 없는 것으로 보아 아마 7레벨 마스터 수준이 아닐까 합니다."

"그 정도면 7레벨 마법은 세 번 정도 가능하려나……."

"확실히 제국의 7레벨 마스터가 7레벨 마법을 연속으로 사용했다는 기록은 있습니다만 세 번까지 가능할지는 아직 모르겠습니다. 그렇다면 샤이니아 님도 그 정도는 가능하신지요?"

"나? 나야 다섯 번도 문제없지."

샤이니아가 하얀 치아를 드러내며 웃었다.

솔직히 드래곤 하트를 조금 더 개방한다면 횟수는 크게 상관이 없었다. 다만 인간들의 경우 체질적인 결함(?)으로 인해 고위 마법을 사용하는 횟수가 정해져 있었다.

전례로 봤을 때 티마르 공작이 사용할 수 있는 7레벨 마법은 두 번이 적정선. 세 번까지 가능할지는 모르겠지만 그렇게 된다면 아마 이후의 전투 참여는 포기할 수밖에 없을 것이다.

"그렇다면 샤이니아 님께서 먼저 마법을 사용해 주십시오."

"뭐? 내가 먼저?"

"네. 그동안 상대의 마법을 방어하느라 심심하셨지 않습니까."

모이아 백작성까지 오면서 스탈란 남작은 샤이니아의 마법 실력이 자신의 예상을 뛰어넘을지 모른다는 생각을 가졌다.

솔직히 말해 그 어떤 마법사도 그녀처럼 자유자재로 마법을 해제하고 막아낼 수는 없을 것 같았다.

그런 능력을 굳이 수비에 국한시킬 필요는 없을 터. 이번에는 과감히 공격적인 전술을 택했다.

"나야 상관없지만… 대공께서 좋아하실까?"

샤이니아가 슬쩍 단리명의 눈치를 살폈다. 그러자 스탈란 남작이 걱정할 것 없다는 듯 말했다.

"괜찮을 것입니다. 그편이 아군을 보호하는 길이 될 테니까요."

"그게 무슨 말이야?"

"티마르 공작은 지금까지처럼 하위 마법사들을 이용해 아군을 끌어들인 뒤 강력한 마법으로 공격할 계획을 세운 것 같습니다."

스탈란 남작의 말처럼 티마르 공작은 마법을 통한 섬멸 계획을 세워놓고 있었다.

샤이니아의 마법 실력이 생각보다 만만치 않다는 사실이 변수로 작용하긴 했지만 여전히 자신에 비하지 못할 거라는 판단은 달라지지 않았다.

6레벨 마법사들을 모두 동원한다면 정체 모를 마법사의 발목은 충분히 잡을 수 있을 터. 그때 7레벨 마스터인 자신이 등장한다면 상대 마법사는 방어만 하다 끝이 나고 말 것이다.

"그러니까 그 계획을 역이용하자는 말이지?"

"그렇습니다. 샤이니아 님이 먼저 손을 쓰신다면 반대로 저들이 마나를 소모해서 방어를 해야 할 터. 그렇게 되면 티마르 공작은 물론 그가 자랑하는 마법 군단을 궁지에 몰아넣을 수 있을 것입니다."

"호오. 그래?"

스탈란 남작의 계획을 전해들은 샤이니아가 슬쩍 입가를 비틀었다.

기실 그녀 역시도 같은 생각을 하고 있었다. 다만 자신의 정

체가 들어날 것이 걱정되어 주도적인 행동은 자제하는 상황이
었다.

하지만 스탈란 남작이 자신의 능력을 최대한 이용하겠다면
이야기는 달라진다.

"그렇다면 상관없겠지만 명심해 둬. 내가 사용할 수 있는 7
레벨 마법은 다섯 번뿐이야."

만약을 위해 샤이니아가 다시 한 번 자신의 한계를 말했다.

"걱정하지 마십시오. 티마르 공작이 죽음을 불사하지 않는
이상 그 안에 결판이 날 테니까요."

스탈란 남작이 문제없다는 듯 고개를 끄덕였다.

Chap.
36

티마르 공작의 발악

1

　새로운 계획에 대해 단리명의 승낙을 얻는 건 어렵지 않았
다.

　모이아 백작령에 오는 동안 단리명은 마법에 대한 편견을
어느 정도 버릴 수 있었다.

　단순히 치졸한 암수라 여겼지만 샤이니아가 선보인 마법은
상당히 흥미로웠다. 특히나 자연의 기운을 인위적으로 가공하
는 방식에 관심이 많아져 있었다.

　그 와중에 샤이니아가 진면목을 보여주겠다고 하니 마다할
이유가 없었다.

　"그렇게 하라."

　단리명이 시원스럽게 고개를 끄덕였다.

"실망시켜 드리지 않겠습니다."

스탈란 남작이 한껏 자신감을 드러냈다.

2

"이제 시작해 볼까?"

모이아 백작성을 올려다보며 샤이니아가 한껏 마나를 끌어 올렸다.

후우우웅!

주변의 마나들이 매섭게 요동을 쳤다. 그 기운을 느낀 성벽 에서 부산한 움직임들이 느껴졌다.

"마법이다!"

"적 마법사가 마법을 사용하려 한다!"

성벽 곳곳에 배치된 마나 감지석에 불이 들어오자 병사들이 호들갑을 떨기 시작했다.

마법을 막아낼 수 있는 건 오로지 마법뿐. 마법사의 대응이 늦다면 그 피해는 고스란히 자신들에게 돌아올 수밖에 없었 다.

"먼저 손을 쓰겠다? 흥! 어림없다!"

샤이니아의 마나를 느낀 티마르 공작은 재빨리 휘하 마법사 들을 준비시켰다.

"1군은 마나 간섭을 준비해라!"

"2군은 후폭풍에 대비하라!"

4개 군으로 구성된 마법 군단 중 2개 군단이 나섰다.

"리버스 웨이브!"

"마나 컨퓨즈!"

1군에 속한 고위 마법사들이 간섭계 마법을 구현하기 시작
했다.

하위 마법사들은 한데 모여 마나석에 마나를 집어넣었다.
그것이 고위 마법사들에게 이어지면서 간섭 마법이 더욱 강렬
하게 퍼져 나갔다.

"흥! 제법이군. 하지만 내 마법을 막아내는 게 쉬울 것 같으
냐?"

성벽 곳곳에 간섭 마법이 퍼지자 샤이니아도 지체 없이 마
법을 구현했다.

실버 일족의 장기는 신성 마법. 하지만 마법사 노릇을 하는
동안에는 신성 마법을 사용할 수 없었다.

"파이어 스트라이크!"

샤이니아가 가장 먼저 꺼내든 건 화염계 마법.

5레벨의 파이어 스트라이크에 마력 강화 및 범위 확장을 적
용시켜 7레벨에 준하는 수준까지 끌어 올렸다.

게다가 5레벨 마법까지는 8레벨 마법사가 완벽하게 제어할
수 있었다.

후아아앙!

마법이 구현되기가 무섭게 하늘에서 불덩이들이 성벽을 향해 떨어져 내렸다.

그것들 중 적지 않은 수가 성벽 주변에 넓게 퍼진 1군 마법사들의 마나 간섭에 의해 소멸되었다. 하지만 샤이니아의 의지에 따라 간섭을 피한 화염구는 그대로 성벽을 향해 내리꽂혔다.

"3군은 1군을 지원하라!"

예상을 넘어선 마법 앞에 티마르 공작이 먼저 이맛살을 찌푸렸다.

"리버스 웨이브!"

"리버스 웨이브!"

대기 중이던 3군 마법사들이 재빨리 마법을 영창했다.

팍! 파아악!

병사들을 집어삼킬 듯 날아들던 화염구 중 상당수가 연기처럼 사라져 버렸다.

하지만 3군의 지원으로도 샤이니아의 마법을 완벽하게 막아내지 못했다.

펑! 퍼엉!

성벽 곳곳에 화염구가 떨어져 내렸다.

"으아악!"

"사람 살려!"

불기운에 휩쓸린 병사들이 비명을 질러댔다.

"흩어져서 불길을 잡아라!"

2군 마법사들이 짝을 이뤄 성벽 곳곳으로 움직였다.

마법으로 만든 불은 쉽게 꺼지지 않는다. 똑같이 마법을 사용해야만 쉽게 제압할 수 있었다.

"리무브 마나!"

불길을 향해 마법사들이 손을 내밀었다.

하지만 샤이니아의 화염구는 쉽게 꺼지지가 않았다. 마력이 강화된 탓에 고위 마법사들까지 달라붙어 마나를 쏟아내야 했다.

덕분에 여유롭던 마법 군단에 부하가 걸렸다. 3군이 1군을 지원한 데 이어 4군마저 손발이 부족한 2군을 지원하다 보니 예비 병력이 남아 있지 않았다.

그 틈을 노려 마나를 보충한 샤이니아가 두 번째 공격을 날렸다.

"크리스탈 블레스트!"

이어지는 마법은 5레벨의 빙계 마법. 이번에는 폭발력과 관통력을 강화시켰다.

후아아앗!

날카로운 소리와 함께 하늘 높이 치솟던 수십여 개의 빙구가 돌연 굉음을 내며 폭발했다. 그와 동시에 나타난 수천여 개의 얼음 조각들이 매섭게 성벽으로 떨어지기 시작했다.

"막아라!"

하늘을 올려다보던 티마르 공작이 비명을 내질렀다.

"리버스 웨이브!"

"안티 웨이브!"

마나를 회복할 새도 없이 1군과 3군의 마법사들이 쥐어짜듯 마나를 구현해 냈다.

하지만 뒤늦게 펼쳐진 간섭 마법은 큰 효과를 발휘하지 못했다.

픽! 피익!

마법에 의해 소멸된 얼음 조각은 극소수. 나머지는 날카로운 화살촉처럼 병사들을 향해 달려들었다.

"파이어 볼!"

"파이어 에로우!"

보다 못한 하위 마법사들이 달려들어 불꽃들을 쏘아 올렸다.

얼음의 상극은 불. 정석대로라면 얼음의 마나가 증발해야 옳았다.

하지만 샤이니아의 마법은 하위 마법사가 상대할 만큼 호락호락하지 않았다.

"커억!"

"크아아악!"

얼음 조각에 관통당한 병사들의 비명 소리가 늘어만 갔다.

"큐어!"

"리무브 마나!"

2군과 4군 마법사들이 부지런히 성벽을 돌아다니며 병사들을 돌봤지만 병사들의 피해는 엄청났다.

성벽을 지키고 있던 병사들의 수는 도합 6천. 그들 중 절반 이상이 불꽃과 얼음으로 인해 부상을 입고야 말았다.

물론 아직까지 전력은 충분했다.

성안에서 대기 중인 병사들만 5만이 넘었다. 후방에 배치된 병력은 무려 15만에 달했다.

도합 20만.

티마르 공작이 18년간 준비해 온 병력도 결코 적지 않았다.

하지만 티마르 공작은 여유를 가질 수가 없었다. 병사들보다 더욱 중요한 마법 전력이 철저하게 망가져 버린 것이다.

"버틸 수 있겠나?"

"크윽! 보조 마법은 모르겠지만 더 이상 간섭 마법은 어려울 것 같습니다."

"2군과 4군은?"

"마법이 쉽게 제압되지 않아 마나 소모가 큽니다. 죄송합니다."

"크윽!"

티마르 공작이 입술을 깨물었다. 고작 마법 두 번에 공들여 키운 마법 전력이 무너질 거라고는 조금도 생각하지 못한 것이다.

"아, 아무래도 적군의 마법사가 7레벨 이상인 모양입니다."

마법군단장으로 참전한 레밀 후작이 앓는 소리를 냈다. 7레벨을 상회하는 실력의 마법사가 작정하고 덤빈 이상 자신들로서는 역부족이라는 것이다.

"누가 그걸 모르나!"

티마르 공작의 입에서 역정이 터져 나왔다. 가뜩이나 머릿속이 복잡한 데 침착해야 할 레밀 후작마저 호들갑을 떠니 짜증이 치밀었다.

"제길! 도대체 누구야!"

인정하고 싶지 않지만 상대는 수준급의 고위 마법사가 틀림없었다.

그렇다고 이대로 물러설 수는 없는 일.

"모든 마법사들은 마나를 보충하며 날 보좌하라. 이제부터는 내가 직접 상대하겠다."

티마르 공작이 몸을 일으켰다. 그의 주변으로 싸늘한 바람이 불어왔다.

3

"이제 나오셨군."

성벽에서 느껴지는 기운을 감지하며 샤이니아가 입가를 들어 올렸다.

이 정도 강렬함이라면 7레벨 마법사라는 티마르 공작 밖에 없었다.

"어디, 얼마나 대단한지 한 번 볼까?"

샤이니아는 빠르게 마나를 끌어 올렸다. 과연 자신의 마법을 감당할 수 있는 자격이 되는지 직접 확인해 보고 싶었다.

"해비 스톰!"

샤이니아의 새하얀 손을 타고 격렬한 마나가 솟구쳤다. 그것이 매서운 돌풍으로 변해 티마르 공작에게 날아들었다.

"시작부터 7레벨 마법이라니!"

자신을 옭죄는 기운을 느낀 티마르 공작의 얼굴이 딱딱하게 굳어버렸다.

하지만 그것도 잠시.

"디스트로이 매직!"

재빨리 7레벨의 파괴 마법을 구현해 해비 스톰에 대응했다.

후아아앙!

격렬하게 몰아치던 거센 돌풍이 거대한 마나와 부딪쳤다.

펑! 퍼엉! 퍼엉!

곳곳에서 굉음이 터져 나왔다.

벽을 뚫으려는 돌풍.

돌풍을 막으려는 마나.

7레벨의 고위 마법이 격돌한 성벽은 그야말로 난장판으로 변해 있었다.

무려 5분여간이나 양측은 팽팽하게 맞섰다.

"제법이군."

샤이니아가 피식 웃으며 마나를 억눌렀다. 당분간 인간 마법사로 활동하기 위해선 능력을 절제할 줄 알아야 했다.

덕분에 티마르 공작도 숨통이 틔였다.

"쿨럭!"

샤이니아의 공격이 끝나기가 무섭게 티마르 공작의 입에서 핏물이 터져 나왔다.

제때 마나를 끌어 올리긴 했지만 샤이니아의 마력이 자신의 수준을 넘어선 탓에 내상을 입고 만 것이다.

고통스러웠지만 덕분에 한 가지 사실을 알게 되었다.

"8레벨의… 마법사다."

피로 얼룩진 입가를 타고 참담한 고백이 흘러나왔다.

8레벨의 마법사. 지금 그의 실력으로는 결코 감당할 수가 없었다.

"8레벨이라니!"

"마, 말도 안 돼!"

티마르 공작 이상으로 마법사들이 받은 충격은 컸다.

전장의 기운이 불길하게 돌아간다는 사실을 느끼면서도 마음 한편으로는 승리를 굳게 믿었다. 티마르 공작이 건재하는 이상 결코 패배하지는 않을 것이라 확신했다.

하지만 상대가 8레벨의 마법사라면 이야기가 달라진다.

"레밀 후작."

"말씀하십시오."

"마법사들과 함께 후방으로 물러가라."

"고, 공작님!"

갑작스런 명령에 레밀 후작이 당황을 금치 못했다.

가뜩이나 샤이니아의 마법에 밀리고 있는 상황이었다. 그 외중에 자신들마저 빠진다면 패배는 불을 보듯 뻔하게 될 것이다.

그러나 애석하게도 그들이 버티고 있는다고 해서 결과가 달라질 것 같진 않았다.

"저자는 내가 막겠다. 그러니 어서… 크윽!"

힘겹게 말을 잇던 티마르 공작이 다시 핏물을 쏟아냈다.

"고, 공작님!"

"정신 차리십시오!"

주변에 있던 마법사들이 다가와 마나를 쏟아부었다. 하지만 고위 마법에 의해 마나가 꼬여 버린 상황이라 쉽게 호전되지가 않았다.

설상가상. 마나를 재충전한 샤이니아가 다시 마법을 준비하기 시작했다.

"가라! 어서 가라!"

애써 몸을 일으킨 티마르 공작이 이를 악물었다. 몸이 부서지는 한이 있더라도 이번 공격까지는 막아내야만 했다.

하지만 피 끓는 의지와는 달리 상황이 쉬워 보이지는 않았다.

파직! 파지지직!

화염과 얼음, 바람에 이어 뇌전의 기운이 주변의 마나를 흔들기 시작했다.

"퓨리 오브 헤븐!"

샤이니아의 마법 영창과 함께 하늘에서 거대한 벼락이 떨어져 내렸다.

"앱솔루트 배리어!"

온몸으로 뇌전의 기운을 느끼며 티마르 공작이 방어 마법을 시전했다.

절망스러운 와중에도 마법사 특유의 냉철함을 잃지는 않았다.

뇌전 마법은 충돌이나 간섭에 따른 마법 감소가 심해진다. 8레벨의 절대 방어 마법을 구현해 내지 않는 이상 하나의 방어막으로는 그 강렬한 열기를 모조리 막아내는 게 불가능했다.

우우우웅!

티마르 공작의 주변으로 투명한 막들이 겹겹이 생성되었

다.

6레벨의 방어막으로 7레벨의 뇌전 마법을 감당한다는 게 쉬운 일은 아니었지만 티마르 공작은 이를 악물고 마법을 유지했다.

그러나 샤이니아가 만들어낸 뇌전은 단순한 7레벨의 마법이 아니었다.

파가각!

순식간에 첫 번째 방어막을 불태운 뇌전이 두 번째 방어막에 부딪쳤다.

이어 세 번째와 네 번째, 다섯 번째 방어막까지 꿰뚫고서야 조금 둔화되는 기미를 보였다.

이제 남은 방어막은 두 개뿐. 그것으로는 뇌전의 열기를 감당할 수 있는 수준까지 떨어뜨릴 수가 없었다.

"크아악!"

결국 티마르 공작이 생각한 건 도망치는 일. 마법사로서 실로 구차한 선택이었지만 살기 위해서는 어쩔 도리가 없었다.

콰르르르!

티마르 공작을 대신해 뇌전을 얻어맞은 안쪽 성벽이 순식간에 무너져 내렸다.

"커억!"

"으아악!"

안쪽에서 대기 중이던 병사들이 성벽에 깔려 신음했다. 그들의 신음성이 겨우 목숨을 구한 티마르 공작의 마음을 무겁게 만들었다.

반면 샤이니아는 더욱 흥미가 동한 얼굴이었다.

"이것까지 막아내다니, 제법인걸?"

비록 몸을 피하긴 했지만 결과적으론 막은 것이나 다를 바 없었다.

"조금 더 놀아주고 싶지만 약속은 약속. 자, 이번이 마지막이다."

샤이니아의 입가에 맺혔던 웃음이 돌연 싸늘하게 변했다.

티마르 공작의 분전이 기특하긴 해도 마법의 조종으로서 인간 하나 어쩌지 못한다는 건 분명 자존심 상할 노릇이었다.

마음 같아선 8레벨의 마법을 사용해 성벽을 통째로 날려 버리고 싶었다.

하지만 그랬다간 정체가 들통 나고 말 터.

"어디, 이것도 막아봐라!"

분노 어린 마나를 발끝에 모으며 샤이니아가 눈을 번뜩였다.

콰아앙!

자그마한 발 구름에 굉음이 터졌다.

잠시 후

쿠르르릉!

땅이 흔들리더니 성벽이 무너져 내리기 시작했다.

어스 퀘이크!

7레벨의 대지 마법!

그 궁극의 마법 앞에 인간이 쌓아올린 성벽은 그저 초라하기만 했다.

"성벽이 무너진다!"

"피해라!"

어렵게 숨을 몰아쉬던 성벽 위의 병사들이 더는 참지 못하고 성벽 아래로 몸을 움직였다.

그것은 성 안쪽에서 대기 중이던 병사들도 마찬가지.

"피해라!"

"뒤쪽으로 물러나라!"

기사단장의 말이 떨어지기가 무섭게 병사들이 혼란스럽게 도망치기 시작했다.

하지만 모두가 마법을 피해 도망친 건 아니었다.

"공작님!"

"저희가 돕겠습니다!"

레밀 후작을 비롯한 고위 마법사들은 티마르 공작의 명령을 어긴 채 성벽으로 모습을 드러냈다.

"어서 피하시오! 어서!"

죽음을 불사한 티마르 공작이 레밀 후작에게 소리쳤다.

하지만 레밀 후작과 마법사들 역시 삶을 포기한 뒤였다.

"공작님. 제아무리 8레벨의 마법사라 할지라도 더 이상은 공격할 여력이 없을 것입니다."

"이번엔 저희가 목숨 걸고 막겠습니다. 그러니 이대로 포기하지 말아주십시오."

레밀 후작과 마법사들이 지친 티마르 공작을 밖으로 밀어냈다. 그사이 성벽을 무너뜨린 거대한 파동이 마법사들을 향해 달려들었다.

"리버스 웨이브!"

레밀 후작이 악을 쓰듯 마나를 끌어 올렸다. 그를 따라 모든 고위 마법사들이 간섭 마법을 구현해 냈다.

그 사이 하위 마법사들은 마나석에 마나를 불어넣으며 고위 마법사들을 보조했다.

후르르릉!

한데 모인 거대한 마나가 강력한 마법을 만들어냈다. 출렁이는 마나의 물결에 걸려들면 그 어떤 마법도 힘을 잃고 사라질 것만 같았다.

하지만 애석하게도 이변은 없었다.

콰르르르!

마법의 여파가 그대로 마법사들을 집어삼켰다. 샤이니아의 고집이 담긴 마법을 막기란 애초부터 불가능한 일이었다.

"크으윽! 이노옴!"

순식간에 마법사들을 잃은 티마르 공작이 악을 내질렀다. 오랫동안 함께해 온 마나의 동지들을 잃었다는 사실이 크나큰 아픔으로 다가왔다.

그 아픔이 분노가 되어 텅 비었던 마나 서클을 채우기 시작했다.

후우우웅!

빠르게 마나 서클을 채우던 마나가 급기야 여덟 번째 마나 서클을 만들어냈다.

8서클!

불완전하나마 8레벨의 경지에 접어든 것이다.

"가만두지 않겠다!"

치솟는 마나를 주체하지 못하고 티마르 공작이 마법을 구현하기 시작했다.

머릿속으로 기억하고 있던 8레벨의 수식들이 빠르게 조합되기 시작했다.

동시에 손끝으로 사나운 바람의 기운이 끓어오르기 시작했다.

"디스피어 오브 게일!"

티마르 공작의 입가로 음산한 목소리가 흘렀다. 그 순간,

쿠아아아앙!

티마르 공작을 집어삼키며 거대한 광풍이 모습을 드러냈다.

매섭게 회전하던 광풍이 샤이니아를 향해 달려들었다.

수많은 마법사들을 죽인 원수!

마법 구현과 함께 소멸해 버린 티마르 공작의 한이 광풍을 인도했다.

"마지막 순간에 8레벨을 이뤘단 말인가."

샤이니아는 질렸다는 듯 고개를 흔들었다.

자신의 마법을 목숨 걸고 막은 마법사들이나 그들의 죽음을 분노로 승화시킨 티마르 공작까지.

정말 인간이란 존재는 이해하기가 어려웠다.

"그건 그렇고… 어쩌지?"

스스로에게 약속한 다섯 번의 마법이 모두 끝났다.

본다라면 지금쯤 극심한 마나 고갈을 호소하며 후방에서 휴식을 취하고 있었을 것이다. 하지만 상황이 이렇게 된 이상 결정을 내려야만 했다.

이대로 손을 털고 물러날 것인가.

아니면 위험을 무릅쓰고 다시 마법을 구현할 것인가.

유희와 자존심. 두 가지 사이에서 샤이니아의 마음이 흔들리고 있었다.

그때였다.

"비키시오."

낯익은 목소리가 샤이니아의 귓가를 파고들었다.

"……!"

흠칫 놀란 샤이니아가 고개를 돌렸다.

놀랍게도 그곳에는 수라마도를 움켜 든 단리명이 매서운 눈으로 광풍을 노려보고 있었다.

〈『마도군주』 제4권에서 계속〉

작가 블로그 : blog.daum.net/semin2007
소속 카페 : cafe.daum.net/withTeaJea

설정집

- 인물편 -

단리명 — 20세. 천마신교의 소교주. 별호가 구절공자인 만큼 못하는 게 없고 무공은 하늘에 닿아 있다. 천하제일녀를 찾아 차원을 넘는다. 하밀 국왕으로부터 대공의 작위를 받는다.

레베카 — 3,004세(18세). 성룡. 골드 드래곤. 순혈을 타고났으며 모든 일족의 사랑을 받는다. 단리명을 만나 신탁의 족쇄를 풀고 하밀 왕국의 왕녀로서 유희를 시작한다.

로데우스 — 5,977세(25세). 반고룡. 레드 드래곤. 레베카에게 청혼을 했다가 단리명에게 호되게 당한다. 이후 단리명의 아우가 된다.

하이베크 — 6,012세(25세). 반고룡. 화이트 드래곤. 로데우스를 대신해 단리명에게 도전했다가 검술의 벽을 넘어섰다. 이후 로데우스와 함께 단리명의 아우가 된다.

베니키스 — 5,982세(25세). 반고룡. 그린 드래곤. 로데우스의 꾐에 넘어가 단리명을 돕는다. 재정 감각이 탁월하고 특이하게 돈을 좋아한다.

샤이니아 — 5,985세(25세). 반고룡. 실버 드래곤. 하이베크의 청을 받아들여 단리명과 함께한다. 8레벨 마법사로 분해 티마르 공작과의 싸움을 주도한다.

이즈마엘 — 68세. 전 하르페 왕국의 대학자. 역사학 전공이며 박학다식하다. 단리명에게 이 세계의 언어를 전해주었다.

코르페즈 — 59세. 전 하르페 왕국의 마지막 궁내 대신. 하르페 왕국의 혈통을 찾아 헤매다 단리명을 만난다. 단리명에게 이 세계의 풍습을 일러준다.

레오닉 — 27세. 호르무스 상단의 주인. 하이베크의 뜻에 따라 게르막스 대신관을 구한다.

메르시오 백작 — 58세. 메르시오 백작가의 가주. 소드 마스터 중급의 실력자. 남부 연합을 이끌었으나 단리명에게 투항한다.

스탈란 남작 — 34세. 메르시오 백작가의 가신. 메르시오 백작과 함께 단리명에 몸을 의탁한다. 비밀리에 대륙의 정보를 관장하고 있다.

로이젠 백작 — 29세. 로이젠 백작가의 가주. 하르페 왕조의 멸망과 함께 가문 또한 불타올랐지만 가신들의 희생으로 목숨을 구하고 복수를 꿈꾼다. 쓰라린 과거와는 달리 상당히 밝은 성격을 지니고 있다. 단리명을 신처럼 추종한다. 마스터 중급의 실력자.

루드멜 후작 — 63세. 루드멜 후작가의 가주. 왕국 동부의 중립 귀족들을 이끌고 있다.

루바츠 — 47세. 6레벨의 마법사. 풍계 마법이 특기다.

아르넬 — 33세. 메르시오 백작의 장남이자 잿빛 기사단장.

하르페 왕국의 마지막 근위 기사단장으로서 레베카에게 충성을 다한다. 블레이드 마스터 중급의 경지를 보유하고 있다.

라누트 — 26세. 메르시오 기사단의 수련 기사였으나 지금은 단리명을 쫓아다니고 있다. 미르마의 힘을 지니고 있다.

루카스 — 31세. 부룩툭스 용병대장. 단리명의 강함을 쫓는다. 블레이드 나이트 초급의 경지를 보유하고 있다.

게르막스 대신관 — 67세. 신성 제국의 외대신관. 내대신관의 자리에 오르기 위해 참회의 기사단인 부룩툭스 용병단을 이끌었다. 하이베크에 의해 기억이 조작된다.

천기자 — 중원에서 100년 전쯤에 사라진 기인. 멸마공을 통해 천마신교를 압박한 유일한 존재로 단리명의 적의를 사고 있다.

하밀 국왕 — 65세. 하밀 왕국의 국왕. 하르페 왕실의 방계 출신으로 4대 공작에 의해 왕위에 오른다. 꿈과는 다른 현실 속에서 괴로워하다 레베카와 단리명을 만나게 된다.

베론 백작 — 35세. 궁내 대신. 하밀 국왕을 따르던 유일한 충신.

바르카스 공작 — 54세. 바르카스 공작가의 가주. 하밀 왕국 4대 공작의 한 사람으로 도끼를 기가 막히게 다룬다. 단리명의 등장 이후 자립을 시도하다 로데우스의 도끼에 목숨을 잃고 만다.

티마르 공작 — 59세. 티마르 공작가의 가주. 하밀 왕국 4대 공작의 한 사람으로 7레벨 마스터. 그토록 염원하던 8레벨의 경지를 죽기 직전에야 맛본 비운의 마법사다.

– 용어편 –

그리폰 — 주신의 애완조. 주신을 대신해 중간계의 이모저모를 살피는 신수. 힘이 제한된 상태에서의 외형은 거대한 매의 모습을 닮았다. 치유 마법과 풍계 마법을 구현할 줄 알며 항마력이 무척이나 뛰어나다.

남부 연합 — 반4대 공작 세력의 결집체. 남부의 8개 영지와 동부의 7개 중립 영지로 이루어져 있다. 단리명의 등장 이후 해체되었다.

드래곤 로드 — 드래곤 사회의 지도자.

드래곤 하트 — 드래곤의 가슴에 박혀 있는 마나 저장고. 제2의 심장, 혹은 마나 심장이라고 불린다.

디스피어 오브 게일(Despair of Gale) — 8레벨의 풍계 마법. 절망의 광풍을 불러일으킨다.

디스트로이 메직(Destroy Magic) — 7레벨 보조 마법. 제거 마법. 구현된 마나를 파괴한다.

라보라 — 용신검. 하이베크의 애검.

리무브 마나(Remove Mana) — 3레벨의 보조 마법. 제거 마법. 이미 구현되어 힘이 약해진 마법의 성질을 제거한다.

리버스 웨이브(Reverse Wave) — 6레벨의 보조 마법. 간섭 마법으로 구현된 마나를 상쇄, 소멸시킨다.

마나 쇼크 — 마에스트로만이 사용할 수 있는 외부 마나 방출법.

마나 월 — 마나 쇼크의 일종으로 마나로 벽을 만드는 고차 원적인 방어법. 호신강기와 비슷한 원리다.

마나 컨퓨즈(Mana Confuse) — 5레벨의 보조 마법. 간섭 마법으로 마나의 연동성을 방해한다.

멸마공(滅魔功) — 마공을 멸하기 위한 모든 공부의 총칭.

멸마검(滅魔劍) — 멸마공을 바탕으로 둔 검법, 멸마삼검 의 위력은 천마검에 비견될 정도다.

미르마의 기사 — 신성 제국의 수호 기사들을 지칭하는 말. 멸마공을 익혔으며 멸마단의 성격을 띠고 있다고 추측됨.

반고룡 — 5천 년이 지나 두 번째 탈피를 이뤄낸 드래곤들 을 지칭하는 표현.

부룩툭스 용병단 — 신성 제국이 운용하는 5대 참회의 기 사단 중 하나. 게르막스 대신관의 욕심으로 죽을 위기에 처했 으나 단리명에게 구원받음.

살루딘 — 마병. 로데우스의 애병.

아수라파천도식(阿修羅破天刀式) — 단리명이 익힌 극강의 도법.

안티 웨이브(Anti Wave) — 4레벨의 보조 마법. 간섭마법으로 마나의 흐름을 방해한다.

앱솔루트 베리어(Absolute Barrier) — 6레벨의 방어마법. 베리어 마법의 강화형이다.

어스 퀘이크(Earth Quake) — 7레벨 대지 마법. 강력한 지진을 일으킨다.

오러(Aura) — 검을 통해 외부로 방출된 마나를 지칭하는 말. 오러 급 기사들이 펼칠 수 있다.

은마전(隱魔殿) — 천마신교 장로들의 처소

쥬만 상인 — 돈을 위해서라면 수단 방법을 가리지 않는 상인들을 지칭하는 말.

잿빛 기사단 — 하르페 왕국의 마지막 근위 기사단. 정확하게는 예비 기사단이었으나 근위 기사단이 내란 도중 전부 목숨을 잃어 정식 근위 기사단으로 승격되었다. 오랫동안 하르페 왕국의 후손을 찾아 돌아다니다 레베카를 만난다.

천마후(天魔吼) — 단리명이 익힌 절대음공 중 하나.

크리스탈 블레스트(Crystal Blast) — 5레벨의 수계(빙계) 마법. 범위 마법으로 바위만 한 빙체를 터트려 공격한다.

파이어 볼(Fire Ball) — 2레벨의 화염계 마법.

파이어 에로우(Fire Arrow) — 2레벨의 화염계 마법.

파이어 스트라이크(Fire Strike) — 5레벨의 화염계 마법. 범위 마법으로 고위 마법사가 아닌 이상 제어하기가 쉽지 않다.

팔각만형진 — 팔각형의 진법. 기후에 따라 형태가 변하는 기초 진법 중 하나.

퓨리 오브 해븐(Fury of Heaven) — 7레벨 뇌전계 마법. 강력한 뇌전을 일으켜 목표물을 공격한다.

하이 블레이드 — 고밀도 응축 강기. 하이 오러 블레이드라 고도 한다. 마에스트로의 경지에 들어서야만 구현해 낼 수 있다고 알려져 있다.

하이 오러 — 고밀도 오러. 오러 블레이드로 나아가기 위한 전 단계로 블레이드 나이트만이 펼칠 수 있다.

하온 — 하르페 왕국과 하밀 왕국의 수도.

해비 스톰(Havy Storm) — 7레벨 풍계 마법. 범위 마법으로 폭풍을 일으킨다.

흑옥수(黑玉手) — 단리명이 익힌 절대 장법인 천마삼수의 하나. 시전 시 손바닥이 검게 물든다.

흑풍대(黑風隊) — 소교주의 친위 부대.

마도군주

1판 1쇄 찍음 2009년 12월 3일
1판 1쇄 펴냄 2009년 12월 8일

지은이 | 진천(振天)
펴낸이 | 정 필
펴낸곳 | 도서출판 뿔미디어

기획, 편집 | 김대식, 장상수, 권지영, 심재영, 장보라
관리, 영업 | 김미영
출력 | 예컴
본문, 표지 인쇄 | 광문인쇄소
제본 | 성보제책사

출판등록 | 2002년 9월 11일 (제1081-1-132호)
주소 | 부천시 원미구 중3동 1058-2 중동프라자 402호 (우)420-023
전화 | 032)651-6513 / 팩스 032)651-6094
E-mail | BBULMEDIA@paran.com

값 8,000원

ISBN 978-89-6359-259-6 04810
ISBN 978-89-6359-194-0 04810 (세트)